書下ろし

風の市兵衛

辻堂 魁

目次

序　沈黙

一

北町奉行所定町廻り方同心・渋井鬼三次《しぶいきさじ》は、石榴口《ざくろぐち》を潜《くぐ》り出たとき、四十すぎの肌が湯をぷちぷちとはじいてゆく小気味《こきみ》良い感触の後を朝の涼気に撫《な》でられ、「おや」と顔をあげた。

脱衣場の明かり窓の障子に、格子模様の薄青い影が映っていた。

八月も半《なか》ばになって秋の気配が濃さを増し、朝夕がうんとしのぎやすくなった。

「なんだかな」

と渋井は意味もなく呟《つぶや》いた。

どこかに何かを置き忘れてきたような、寂《さび》しい心残りのような思いに捉《とら》えられたのが、自分らしくなかったからだ。

忘れ物などないし、別にし残していることもない。

渋井は湯汲みの梅吉《うめきち》が汲んだ陸湯《おかゆ》をかぶりながら考えた。

脱衣場では、南御番所の中山《なかやま》と大和田《おおわだ》が、五日ほど前、両国広小路《りょうごくひろこうじ》の見世物小屋に現れたつがいのラクダの評判を話題にしていた。

ラクダはもう見たかい。見た見た。なんと、奇っ怪な獣じゃねえか……

ペルシャからの獣《けもの》だってよ。

濡れた身体《からだ》を拭《ぬぐ》いつつ、二人のゆるい話し声が耳に障《さわ》った。

渋井は、脱衣場で中山と大和田へ「よう」と会釈を投げた。

腰へ下帯を巻き付け、ぎゅっと締《し》めた。

肌着に麻の単《ひとえ》を着流し、中幅の博多《はかた》帯を廻した。

早朝の男湯は、仕事に出かける前にひと風呂浴びにきた商人や職人らで混んでいるが、女客のまだこない女湯は町方がゆったりと綺麗な湯を使う。

そのため、八丁堀の組屋敷が並ぶ湯屋には女湯にも刀掛けが備えてある。

その刀掛けの二本を取ってざっくりと差した。

ペルシャたあどんな国だ。よくは知らねえがな、とにかく南蛮《なんばん》より遠い異国さ。砂《さ》漠《ばく》ばかりの土地だそうだ。さばく？　ああ、砂の海さ……

どうだっていいじゃねえか、と渋井は心の中で舌打ちした。

そのとき、入口の引き戸が勢いよく開いて人が飛びこんできた。

手先の助弥《すけや》が渋井を認めて、歯切れのいい声を響かせた。

「旦那、富松《とみまつ》町の自身番からすぐお越し願いてえと、使いでやす」

石榴口を潜りかけた中山と大和田が振りかえり、男湯の客の顔が仕切りの向こうから渋井へ一斉に向いた。

「神田川で死体が二つ、あがりやした」

「わかった」

そうこなくっちゃあと、渋井は口をへの字に結んで頷《うなず》いた。

高い頬骨の目立つ浅黒く尖《とが》った同心顔に戻ると、《鬼しぶ》と綽名《あだな》される北御番所腕利きの同心・渋井鬼三次の、普段と変わらぬ一日が今朝もまた始まった。

神田《かんだ》川に架かる新《あたら》し橋から浅草《あさくさ》御門の方向へ半町（約五四メートル）ばかりいった柳原堤下《やなぎわらつつみした》の川縁《かわべり》に、人だかりが見えた。

渋井は堤の途中から雁木《がんぎ》をおり、切岸の川縁を人だかりへ近付いていった。

渋井と手先の助弥を見つけた富松町の役人の伊佐治《いさじ》が腰を折り、

「ご苦労さまで、ございます。こちらで……」

と人だかりを開いた。

骸《むくろ》にかぶせている莚《むしろ》が二つ並び、男たちがそれを柵《さく》のように囲んでいた。

柳原堤の上から野次馬が見おろしている。

対岸の久右衛門《きゆうえもん》町の蔵地がある堤にも野次馬が連なり、神田川の静かな流れに降りそそぐ朝日が、光の粒を跳ねかえしていた。

渋井は屈《かが》んで莚を取った。

二つの骸は、一見したところ三十前後に見える年増と、刀はないがやはり三十代と思える侍だった。

顔は苦痛に歪《ゆが》み、土色の肌に鈍《にぶ》い紫色の唇《くちびる》が人のものとは思えなかった。

空《うつ》ろに開いた目から、いやに鮮やかな黒目がのぞいている。

男は納戸《なんど》色の平袴《ひらばかま》を穿《は》いており、年増は小袖の裾が割れ、紅い二布《ふたの》の間から病人のように痩せ衰えた素足が露《あら》わになっていた。

二人の左右の手首が、細い腰紐《こしひも》で繋《つな》がれていた。

「死体には、触っちゃあいねえな」

渋井は取り囲んでいる男らに確かめた。

「あ、はい。そこの川縁の葦《あし》に引っかかっておりましたのをここへあげた以外は、死体には触れておりません」

伊佐治が言った。

「よし。助弥、おめえは女の持ち物と身体に傷がねえか調べろ。男はおれがやる」

へい――と助弥は女の側へ屈んだ。

死体を調べる際、渋井はできるかぎり自分の手でそれを行なった。

検視の役人は不浄な死体に触れることを大抵嫌うが、渋井は己から死体に触れる手間を避けなかった。

死体が残す手がかりを見逃さないようにするためだ。

死臭を嗅《か》ぎつけた虫が、死体の周囲で羽音を立てていた。

伊佐治を含め、自身番の役人たちは袖で鼻と口を覆《おお》い、渋井と助弥の不浄な働きを、ただ見おろしているだけだった。

「旦那、こいつあ重えや。だいぶ堅くなってやすぜ」

助弥が荒い息を吐いて言った。

「ああ、二人とも、くたばってからだいぶ時間がたってるな。死体の下の方が黒い斑点でいっぱいだ」

「ふう……こっちも紫色の斑点が背中一面に浮いておりやすぜ」

「男は五尺六寸（約一・六九メートル）。女は……五尺三寸（約一・六〇メートル）ちょっとってえところか。女にしちゃあ大きい方だな」

渋井は朱房のついた十手を帯の後ろからきゅっと抜き、死体にあてがっておおよその背丈を計った。

「旦那、女に持ち物はありやせん。めぼしい傷も見つかりやせんねえ」

「男には打ち身の跡があるな。ただ、血を流した形跡はねえ。たぶん、夕べ、早いうちにくたばって、ひと晩中水に浸《つ》かってた。水が身体を冷やして腐乱を遅らせた。そんなところだろう」

「やっぱり、心中なんでやすか」

助弥が二人の手首を繋ぐ紐に指先を触れて訊いた。

「違うよ。溺《おぼ》れ死にして長いこと水に浮いてた仏はこんなもんじゃねえ。水脹《ぶく》れで見る影もなくなる。この仏は土左衛門になってねえし、水も飲んでねえんだろう。つまり溺れ死にする前にもう仏になってたってことさ」

「なら、この紐を結んで川に投げこんだやつがいるってこってすね」

「たぶんな。そいつが二人を始末した後、心中に見せかけるために細工したんだ。どうせどっかに、履物《はきもの》や持ち物が心中らしく揃《そろ》えて置いてあるんじゃねえか」

渋井は屈んだまま、川縁を新し橋の方へ振りかえった。そして、

「下手な小細工だ」

と吐き捨てた。

「あのぉ、仏が飛びこんだらしい新し橋の上に、履物や刀などが残っております。誰も触れないように、見張りをつけてございますが」

伊佐治が傍らから、畏《おそ》れながらという風情《ふぜい》で口を添えた。

半町以上離れた新し橋にも、小さな人だかりができていた。

「ほらな。そっちは後で見てみよう」

渋井は伊佐治に言い、十手を手控帖に持ち替えた。

「ただ、殺しだとしても手口はわからねえ。しかし見ろ。形相《ぎょうそう》がひどく歪んでる。くたばる前に苦しんだってえことだ。ひょっとしたら、一服、盛られたってえことも考えられるな……」

ぶつぶつと独《ひと》り言《ご》ちながら死体の状態を書き留めていく。

それから「よいしょ」と立ちあがり、伊佐治に訊いた。

「仏の身元は、わかってるのかい」

「男の方はわかりませんが、女の方は、本所《ほんじょ》あたりの御家人さんのお内儀かもしれません。おまえ、この女に見覚えがあるんだろう」

伊佐治が隣の若い男に言った。

「へえ。まあ、そうじゃないかと……」

自身番に雇われている書役《かきやく》か定番らしい若い男が頷いた。

「本所か。本所の内儀なら御家人の家ってえこともあり得るが」

本所は微禄な御家人の組屋敷の多い町である。

「この身形《みなり》だと、御家人の内儀と言うより夜鷹っぽいな。どこで見かけた」

「二《ふた》ツ目《め》の通りでした」

「昼間か、夜かい」

「昼間です。半月ばかり前、本所の知り合いの家を訪ねた折り、道ですれ違い……」

「半月前にすれ違っただけでよく覚えてるな」

「それがどっか具合が悪そうで、ふらふら道をさ迷ってる感じでした。知り合いの家で途中こんな女を見かけたって言いましたら、その女なら竪川《たてかわ》の先の御家人さんのお内儀でちょいと頭がおかしいらしいって、聞いたものですから」

「ふらふらね。いいだろう」

渋井はあたりを見廻した。

「仏を最初に見つけたのは誰だ」

「あちらに待たせております。次郎吉《じろきち》さん、こっちへ……」

伊佐治が、柳の下で野次馬と喋《しゃべ》っている着流しに裾端折《はしよ》りの男を手招《まね》いた。

柳原堤は、昼間は小屋掛けの古着屋がずらりと並ぶ場所でもある。

値の張る古着を売るところではないが、次郎吉はそんな安物の古着屋である。

明け方、次郎吉がまだ人気《ひとけ》のない柳原堤で小屋を開ける仕度をしていたとき、神田川に女物の着物が葦に引っかかって浮いているのを見つけた。

次郎吉は、落とし物でも捨てた物でも乾かせば売り物になるかもしれねえと思い、川縁へおりて天秤棒を着物の袖に絡《から》ませた。

引き寄せると、ずしんと手応えが天秤棒にかえってきて、ふわっと人の身体が浮きあがったから、次郎吉は腰を抜かした。

「女の黒髪が墨のように川面になびいて、もうぞっとしやした」

次郎吉は、魂消《たまげ》て富松町の自身番へ駆けこんだ。

「見たのはおめえ、ひとりか。ほかに人はいなかったかい」

「たぶん、あっしひとりで」

「そうか。仏に何か変わったところはなかったか」

次郎吉は「さあ」と首をひねった。

「とにかく、慌《あわ》てちまって……」

よし——と渋井は手控帖を懐《ふところ》へ差し入れ、死体へ莚をかぶせた。

「伊佐治さん、仏をこのままにしておくわけにはいかねえ。自身番へ運ばせてくれるかい。仏の身元調べはそっちでやる」

「ただ今、人足と荷車の手配をしております。追っ付けまいりましょう」

「それからな、夕べから夜明けまでに、不審な人の話し声や物音なんぞを聞いた者がいねえか、自身番で手分けして町内の訊きこみをしてもらいてえんだ。世話だが豊島《としま》町まで場所を広げてな」

「承知いたしました」

「助弥、おめえは本所の二ツ目の辻番を廻って、その頭の変な御家人のかみさんのことを当たってみてくれ。女の方の身元がわかるかも知れねえ」

渋井はさらに思案を廻《めぐ》らし、

「後は手先をなるたけ集め、座頭、振り売り、夜鷹、新内《しんない》、居酒屋、飯屋、乞食《こじき》小屋も含めて、ここら辺で仏を見かけた者がいねえか、周辺の訊きこみを急いでやらせろ。おれは仏の残した物を見てから自身番へいってる」

「合点だ」

助弥は踵《きびす》をかえし、雁木を駆けあがって柳原堤にたちまち小さくなった。

渋井は川縁へ屈んだ。

川の水をすくい仏を触った手を洗いつつ、《鬼しぶ》と綽名されるいわれになったさがり眉の渋顔を思案げに、右、左と傾げた。

御家人の内儀と侍か。

侍が御家人の女房にちょっかいを出して、御家人の亭主に見つかり、二人揃って仕置きされたか？

いや、違うな。

そんなら下手な心中なんぞに細工する必要はねえ。

姦夫姦婦《かんぷかんぷ》を四つに畳んで切り刻むのは、亭主の勝手だ。

「つまり……」

渋井が呟いたので、伊佐治が振り向いた。

二人が仏になった事情を心中に見せかける必要があったってことか。

渋井は立ちあがり、手拭を取り出して手を拭った。
莚の下で、死体は沈黙を守っていた。

第一章　算盤《そろばん》侍

一

　裏神保小路《うらじんぼうこうじ》の土塀が続く武家屋敷地を、一《ひと》ツ橋《ばし》通りの辻から西へ四半町（約二七メートル）ばかり雉子《きじ》橋通り方向へすぎた一画に、旗本高松家の屋敷がひっそりと佇《たたず》んでいる。

　八月晦日《みそか》の午前、その屋根付き白木の表門をひとりの侍が叩いた。

　侍の年の頃は三十五、六。五尺七寸（約一・七二メートル）ほどの上背に一見痩軀《そうく》で、艶やかな総髪を麻の元結《もとゆい》で束《たば》ねて、頭に一文字の髷《まげ》を結っていた。

　いくぶん血の気の薄い頰のこけた白皙《はくせき》が、侍の風貌から厳《いか》めしさや逞《たくま》しさのような印象を削《そ》いでいた。

目尻の尖った奥二重《おくぶたえ》の目付きの鋭さを、さがり気味の濃い眉尻が和《やわ》らげている。鼻梁《びりょう》のやや高い鼻筋に大きめのきりりと閉じた唇の不釣合い加減が、手習い塾を始めたばかりの新米師匠を思わせる頼りなげな顔立ちを作っていた。

火熨斗《のし》を効かせた古い紺羽織と細縞《ほそじま》の小倉袴《こくらばかま》に大小を差し、白足袋《たび》と麻裏付きの草履《ぞうり》を履《は》いた風体は、貧乏暮らしなりに精一杯拵《こしら》えた純朴さがうかがえた。

門屋根の上に繁るすだ椎《じい》に秋の日差しが降って、小路へ伸びた枝葉で頬白《ほおじろ》が、ちりりころろ、と気持ちよさげに鳴いている。

侍は表門の門戸をそっと押した。

むろん門番などはおらず、両開き門の片扉は徳利門《とっくりもん》になっていた。

門内から三間（約五・四メートル）ほどの敷石の先に式台が備わっていて、玄関の九尺（約二・七メートル）のまいら戸が表門に向かって開け放ってある。

三畳の玄関部屋に目隠しの衝立《ついたて》があり、壁には厳めしく素槍がかかっていた。

侍は式台の前に立ち、見かけによらず張りのある声で案内を乞うた。

屋敷はしんと静まりかえって応答がない。

侍が再び案内を乞おうとしたとき、庭の方から下男らしき年配の男が現れた。

「へえ。これはお侍さま、おいでなさいまし」

下男らしき男は腰を折って言い、侍の風体を用心深げに見回した。

「こちらは高松家のお屋敷とお見受けいたす。わたくし、宰領屋《さいりょう》の矢藤太《やとうた》どののご紹介でまいった唐木市兵衛《からきいちべえ》と申します。お取り次ぎ願いたい」

唐木市兵衛と名乗った侍は、歯切れよく言った。

「宰領屋？　へえ……ただ今人を呼びますだで、もう少々お待ちくだせえまし」

男はまた庭の方へ消えた。

ほどなく、せかせかと玄関に現れ侍を迎えたのは、白髪の薄くなった髷《まげ》をちょこんと結った大原甚右衛門《おおはらじんえもん》と名乗る小柄な老家士だった。

大原は侍をためつすがめつ見て、

「宰領屋のご紹介とうかがったが、そこもと、侍か」

と不躾《ぶしつけ》に訊《たず》ねた。

侍が、に、と不敵な笑みをかえすと、

「これはどうも、失礼いたした」

と侍を床の間のある客座敷へ案内し、それからまたせかせかと座敷を出て自ら盆に茶碗を載せて戻ってきた。

女中を置く余裕はないらしい。

床の間脇の刀掛けに、石目と黒の塗りわけの大小がぽつんと収まっていた。

「今、主《あるじ》がまいりますゆえ少々お待ちくだされ。宰領屋の紹介ですから、町人がくるものだと思いこんでおりましたもので……」

と、大原はさして気にするふうもなく赤ら顔を愛想よくゆるめ、詫《わ》びた。

侍は「いえ」と微笑《ほほえ》みをかえし、眼差しを縁側越しの庭へ遊ばせた。

白壁の土塀際に金柑《きんかん》の木が植わっていた。

「あれは、金柑ですな」

「さよう。先般亡くなられた先代が子供のころに植えた金柑です。冬が近くなればもっと実が熟《う》れて鮮《あざ》やかに色付きましょう。今年もあの酸《す》っぱい実がなります」

大原は、ふっふと、力のない笑い声をもらした。

ここでも頬白が、ちりりころろ、と鳴いていた。

高松家は、半月前、公儀番方小十人衆の役目にあった主人・道久《みちひさ》が相対死《あいたいじに》という武士にあるまじき不祥事を起こして落命し、お家改易《かいえき》、士籍剝奪《しせきはくだつ》の処分やむなしの窮地に立たされた、三河《みかわ》以来の旧家と聞いていた。

高松家が改易にならず、八歳になる倅《せがれ》・頼之《よりゆき》の家督《かとく》相続が許され、入間郡《いるま》所澤村《ところざわ》の知行地百石も安泰《あんたい》の沙汰《さた》がおりたのは、古い旗本の家名を惜《お》しんだ若年寄の間で特別な計らいがあったからだと、同じ旗本の間で取り沙汰されてもいた。

「半季で三両。相場より低いが、主が妙な死に方をしてだいぶ借金を残し、台所事情は相当厳しいらしい。まあこれが精一杯ってえところさ」

請け人宿の主人・宰領屋の矢藤太が言った。

「働き口があればそれでいい。請けよう」

と侍は話を請けて、その朝、訪ねてきたのである。

土塀の上に広がる青空には、雲が高くたなびいていた。

飾り気はないけれど、手入れのいき届いた庭に家人の心使いがうかがえた。

頬白の鳴き声に耳をすましていると、廊下に人の気配がした。

「しつれい、いたします」

低い女の声が襖《ふすま》越しに聞こえたので、侍は畳に手をつき頭《こうべ》を垂《た》れた。

落とした目の端に、襖がそおっと開き、黒い着物の裾とわずかにのぞく白足袋、それに従って畳を踏む童子《どうじ》の白足袋が見えた。

二人が床の間の前に着座する衣擦れの音がやわらかだった。

頬白の鳴き声が聞こえた。

侍は頭を落としたまま、言った。

「三河町において請け人宿を営みます宰領屋矢藤太どののご紹介により、おうかがいいたしました。唐木市兵衛と申します。お見知りおきをお願いいたします」

「こちらは当家の奥さま、でござる」

大原が言った。

「安曇《あずみ》と申します」

「そしてこちらが、当家七代目主の頼之さまでござる」

「唐木市兵衛でございます」

市兵衛は改めて、高松家当主となった頼之に膝を向け、畳に手をついた。

「どうぞお手を、あげてください」

女の声が飾り気なく、上から言った。

「は」

唐木市兵衛はそこで顔をあげた。

黒無地紋付の奥方と平服に袴姿の童子が、市兵衛に澄んだ目を向けていた。

奥方の安曇は、化粧気のないすき透った艶《つや》やかな肌に恥じらいを浮かべているのか、血の気が薄紅のように顔色を染めていた。

丸みを帯びた頤《おとがい》から細長い首筋へなだらかにくだる稜線に、しのぶ髷のわずかなほつれがかかり、かすかに曇った美しい眉間と黒目がちな目は、武家の奥方の意志と頼りなげな愁《うれ》いの間《はざま》を、ゆれているかに見えた。

ゆれながら、漂いながら、突然の夫の死という不安や悲しみを懸命に堪えている若い妻の意地が、波打つ胸元からこぼれていた。

その隣で、母親似の目鼻立ちの整った色の白い童子があどけない顔を向けていた。

奥方が二十九歳、倅が八歳と聞いている。

「唐木さんは、町人ではないのですか」

頼之が、市兵衛の右脇に置いた黒塗り鞘の大刀を見て訊ねた。

家計を預かる半季や年季雇いの、いわゆる渡りの用人は仕送《しおくり》用人とも言い、算盤《そろばん》のできる町人が多い。町人であっても、用人勤めの間は苗字帯刀が許される。

頼之は市兵衛が町人ではなく侍らしいのが、かえって珍しいのだろう。

「祖父の代まで江戸の武家屋敷で、足軽勤めをいたしておりました」

「足軽？　ならお父上は、足軽だったのですか」

「父はわたくしが十三歳の折り身罷《みまか》り、もうずいぶんときがたちましたゆえ、どのような身分であったか、定かに覚えておりません」

頼之は、《どのような身分》という市兵衛の口振りを不審に思ったらしく、

「ふうん……」

と訝《いぶか》しそうに小首を傾《かし》げた。

「上方《かみがた》でお勉強をなさったと、宰領屋さんからうかがっております。上方のどちらで、どのようなお勉強をなさったのですか」

安曇が、いく分、問い質《ただ》す口調で訊いた。

「大坂の米問屋に三年、仲買い問屋に一年、江戸では下り酒と申します灘《なだ》の醸造業者の元に半年、河内《かわち》の豪農に一年半寄寓《きぐう》いたし、算盤と上方商人《あきんど》の商法、経営、また酒造り、米作りを学んでまいりました」

「侍のあなたが、米作りをですか？」

「はい、苗つけ、田植え、草取り、稲刈、脱穀《だっこく》まで、農民とともにすごし……」

安曇は武家の奥方の眼差しで、市兵衛の人物を見極めようとじっと見つめた。

頼りなげな愁いのある面影を隠し、気丈に振る舞っているのがわかった。

その振る舞いは、ほんの小さなはずみで、壊れてしまいそうにも、若やいだ息吹きをもて余しているようにも見えた。

「侍が商人を真似《まね》て算盤を学んだり、百姓のように米作りをしようと、どうして思い立ったのですか。侍の修めるべき剣や学問の修行はなさらなかったのですか」

頼之が、好奇心を持った。

「算盤を学ぶことも米作りも、商家や農家の経営、また領地の経営になくてはならないものです。商人《あきんど》は商いをし、農家は米作りをいたします。侍は領地、知行地を経営するのが務めです。侍が商人や農民の上に立つ身分の者であるなら、算盤や米作りを身につけるのも侍のたしなみであって、よろしいかと考えました」

「わたしは父から剣術を習い、四書の素読も始めています。侍は侍らしく強く賢くあれと、父はいつも申しておりました」

頼之はまだ細い肩を反らせた。

「戦国の優《すぐ》れた武将は、武将であると同時に、優れた領地の経営者でもありました。算盤は使いようによっては刀より強く賢い道具になる場合があります」

「わが家にご用聞きにくる商人は剣術のわきまえもないし四書も知らない。その商人が侍より強く賢いのですか」

「わたくしは上方で、大家《たいけ》の家老や奉行が一介《いっかい》の商人に頭を深々とさげ、借財を申し入れておる姿を何度も見てまいりました。上方であれ江戸であれ、大商人は一日千両を超える商いを行なっております。また、公儀お旗本や御家人の中にも近ごろは蔵前《くらまえ》の札差《ふださし》に多額の借財を抱える家が多くなっております」

頼之は唇をぎゅっと結び、言うべき言葉を探し当てて言った。

「札差がお金儲けできるのは侍のお陰なのだと、父に教わりました」

「お父上のお教えは間違っておりません。しかしそうではありましても、侍はもう札差の助けなしに暮らしてゆくのは難しいと思われます。世の強さや賢さの存念、つまり考え方が変わったのです」

「世がどう変わろうと、侍は侍らしくあらねばならないでしょう」

頼之は悔《くや》しそうに顔を赤らめた。

「わたくしは侍ですが、ご当家へおうかがいいたしましたのも、剣術の腕ではなく算盤のたしなみがあるゆえでございますので」

「唐木さんが望まれるなら、剣術の稽古をつけて差しあげます」

八歳の頼之が胸を張って言ったので大原が、ぐふ、と笑った。

「その節は、よろしくご指南をお願いいたします」

市兵衛はそこで微笑んだ。

あどけない童子の大人びた気概が爽快《そうかい》だった。

安曇は用心深く市兵衛をうかがい、いっそう落ちついた口振りで訊いた。

「唐木さんは宰領屋さんから高松家の内情をお聞きになった上で、当家にまいられたのですね」

「はい」

「それでは、当家の家計をどのようにやりくりしていただけますか。唐木さんの心算《しんさん》をお聞かせください」

それはそうだ。渡りであれ家計を委《ゆだ》ねる相手である。用人の中には食わせ者も多いと聞くし、ましてや侍の渡り用人務めというのは珍しい。

夫亡き後、幼い跡継ぎを支えて一家を守る奥方として、市兵衛の人物、能力を冷静に見極めねばならない。

「高松家の家禄は、入間郡に知行地の草高《くさだか》が百石とうかがっております。ご当家が四分で領民が六分、あるいは五分と五分でしょうか」

「当家の四分です」

「四分ならば収入は四十石。四斗俵が百俵、現在の相場に換算して、ざっと三十両ほどになりますな」

「そうですね」

安曇は、それぐらいはわかっています、という気丈な顔付きをした。

市兵衛は頷き、続けた。

「そのうち、札差料が百俵に付き一分、売り米の手数料が二分、内米の分の札差料を割り引いたとしても、知行地から蔵前に運ぶ荷送賃の一両二分何がしをざっと差し引きしますと、およそ二両の経費は見ておく必要があります」

「はい。残り二十八両……ですね」

と安曇は澄まして言った。

「いえ。内米の分を引かねばなりません。奉公人を含め、ご当家では幾人《いくたり》の方が……」

「下働きの夫婦とこちらの大原、それからわたしたち二人です」

「年を考慮せず公儀が決めた扶持高の男五合、女三合が内米に消える換算で、一日二升一合、年に七十四斗と五升五合、およそ五両二分から三分ほどがかかります」

安曇は顔を落としてしばらく考え、

「残りおよそ、二十二両一分、ということです」

と答えた。

「但《ただ》し、わたくしが半季で雇われた場合の内米分は入っておりません」

ああ、と安曇は声をもらした。

「奉公人の給金はおわかりですね。他にどうしても必要な塩味噌醤油、油薪炭の類《たぐい》でおよそ十二貫、さらに奥さまと頼之さま、奉公人の衣料などに四両……」

市兵衛はふと思い立ったように、懐から懐中算盤を取り出し、ち、ち、ち、と掌の上ではじき始めた。

線香が十本で四十文、抹香が一袋三十六文、ろうそく八丁で百十六文、一重の草履、女物二十文、子供物十六文、奥方の伽羅の鬢付け油一本三十文、副食品が……と暮らしにかかる諸経費をはじき、梁上一珠の盤上を睨みつつ言った。

「しめてざっと十五両三分三朱はかかると見ねばなりません」

奉公人の給金を合わせれば、それだけで支払いがすでに禄を上回っている。

「このままですとわたくしを雇い入れる余裕はない、ということになります」

これまではその上に道久の小十人衆の職禄百俵が支給されていた。

だから暮らしに窮《きゅう》することはなかった。

が、その職禄が途絶えた。

贅沢はしなくても人並な暮らしにかかる諸費用は削れないし、家督を継いだ頼之のために旗本の家の体裁は保たねばならない。

安曇は市兵衛がはじいた収支に改めて気付かされ、主を失った厳しさに戸惑った。

気丈に振る舞っていた顔付きが曇って、困惑を隠しきれない様子だった。

眉間に白い手をあてがいうな垂れた。

頼之が心配そうに母親を見あげた。

大原が目をしょぼつかせ、溜息をついた。

頬白だけが長閑《のどか》に鳴いている。

「ははは……そう深刻になられますな。これはあくまで世間の相場を元に割り出したこの場での勘定にすぎません。ご当家の暮らし振りと世間が同じというわけではありませんから」

市兵衛は算盤を、ちゃちゃ、と振って見せ、懐中に仕舞った。

頼之が市兵衛の仕種《しぐさ》を見あげて、初めて笑みを浮かべた。

「頼之さまもいずれ番方にあがられるでしょう。高松家は組頭を勤めるお家柄。それまで、せいぜい数年の辛抱です。わたくしをお雇いいただけるなら、収支のやりくりを付けるのが務めですのでお心安らかに」

安曇が紅潮した顔を恥ずかしげにあげ、気丈さをつくろって言った。

「では、明日からで、よろしゅうございますか」

むろん、住みこみである。

市兵衛は先代の残したという借財のことは、まだ訊ねないでおいた。

二

翌朝九月は朔日の五ツ（午前八時）。

明かり取りの竹格子の窓から、台所の土間に朝の日溜りができていた。

その土間の隅の井戸端で、清助《せいすけ》が大きな鉄釜を洗い、女房のおきねは朝餉《あさげ》の後の片付けに立ち働いている。

頼之が私塾へ出かけ、ひとまず、朝の慌《あわ》ただしさがすぎた刻限だった。

二人は先々代がまだ存命だった寛政《かんせい》の末（一八〇一年頃）から高松家に奉公してきて、そろそろ五十代の半ばに差しかかった下男夫婦である。

おきねが台所の棚へ洗った鍋や壺を並べながら、清助との話の続きを継いだ。

「また春五郎《はるごろう》みたいなのが、くるのかい。ああ、やだやだ」

清助は釜の底を藁束でごしごしと磨きつつ、おきねに答えた。

「今度のは春五郎みたいなことはなさそうだと、大原さんは仰《おっしゃ》ってたども」

「あんた会ったんだろう。お侍なんだって。どんな感じだった」

「だから、ひょろっと背が高くてよ、お侍にしては頼りない感じだった……二本腰に差してるのがいやに重そうだったで」

「そりゃそうさ。侍のくせに腕じゃなくて算盤で稼《かせ》ごうってんだから、どうせ碌《ろく》なもんじゃないに決まってるよ。お侍たって、どこのご家中だい。怪しいもんだ」

「元ご公儀の足軽らしいが詳しいことは知らねえ。ただ、取り次いだだけだども、笑顔は人のよさそうな愛嬌《あいきょう》があったな。春五郎みたいな人を食った感じは受けなかったで……」

「わかるもんか。渡りで稼いでる算盤侍なんて、春五郎よりかえって性質《たち》が悪いかもしれないよ。もうちょっとましなのが、いないのかねえ」

と、おきねが拭《ぬぐ》った盆を棚に重ねていたときだった。

「ごめん」

勝手口の腰高障子がそろっと開き、風が吹いた。

二人が風の吹いた方へ顔を向けると、そこに昨日と同じ紺羽織の唐木市兵衛が、に、と笑顔を見せ立っていた。

「本日からお世話になります算盤侍です。よろしく」

市兵衛は行李《こうり》ひとつを背中にひょいとからげた格好で、勝手知ったふうに土間へすいすいと入り、台所をぐるりと見渡した。

「こんなところではなんだから、玄関の方へ回ってくだせえ」

清助が恐縮して案内しようとしたが、

「いいんだ、わたしはここで」

と市兵衛は手を振った。そして、

「整理のいき届いた清潔な台所だ。家政の良し悪しはこういうところに表われるものだからね。なかなかいい。清助さんだったね。大原さんに唐木市兵衛がまいったと、取り次いでもらえるかい。荷物を置かせてもらうよ」

と、背中の行李を板敷のあがり端《はな》におろした。

ぽかんとした顔を向けたままのおきねが、市兵衛の笑顔と顔を合わせて、慌てて腰を折った。

しばらくして大原甚右衛門が板敷のまいら戸を開けた。

「おう、こんなところからまいられたか。ささ、あがられよ。唐木どのの部屋は用意してある。こちらへ」

大原の案内で、南側と西側が濡れ縁になった六畳の書院へ通された。

行李ひとつの荷物をおろした市兵衛に、

「先代が書斎として使っておられた部屋です。ここをお使いなされ」

と南向きの障子を開けた。

南側に「奥様が植えられた」という萩《はぎ》の咲く中庭があり、中庭を隔てて頼之の部屋があった。

「どうやら奥様は市兵衛どのに気を使っておられる。狭い屋敷ですが、ここは一応奥向きにあたる。以前雇っていた用人は定口に近い部屋でしたからな」

大原は屈託なく笑った。

「頼之さまは塾へいかれたので」

と、初めに下働きをしている清助・おきね夫婦へ改めて挨拶を済まし、それから安曇の居室へ通された。

安曇は昨日と同じ黒無地の紋付姿で、顔付きが穏やかで、昨日よりは角《かど》が取れた様子に見えた。

「要る物がございましたら、遠慮なく申してください。暮らし向きのことは大原がいたします」

「それでは早速、仕事にかかりますので、ご当家の金銭出入帳をお見せください」

と市兵衛は軽々と言った。

「まずそれを調べ、ご当家の家計状態を把握いたします」

「金銭……出入帳？」

　安曇がきょとんとした顔付きで訊きかえした。

「ご当家の家計の収支を記した商家で言えば大福帳、売りかけ支払いを記した元帳みたいな帳簿です。ご覧になったことはありませんか」

「大原、わかりますか」

「さて。金銭出入帳ですか。先月までおりました春五郎が持ち歩いておりました帳面なら納戸《なんど》に仕舞っておりますがな。そう言えば、ご用聞きの商人と話しながら金額をその帳面に記しておりましたな」

「ふむ。たぶんそれでしょう。すぐお願いします。できれば、数年分を見せてください。春五郎という者がご当家の用人を勤めておったのですね」

「さようでござる。先代のご友人の石井彦十郎《いしいひこじゆうろう》さまのご紹介で、去年の九月から半季で雇い入れた、本人が言うのには、以前、駿河町《するがちよう》の越後《えちご》屋の手代を勤めておったのが自慢の男です」

「石井彦十郎さま、とは？」

「道久の子供のときから仲のよいお友だちで、寄合席ですけれど、四千石の家督をお継ぎになっておられます」

と安曇が言った。

「四千石は大家だ。そちらのご紹介ですか。先月までおったのなら雇いを延ばしたのでしょうから、春五郎という男、役に立つ用人だったのですね」

「どうですか。よくはわかりません。裏表があってどうも好かん男だった。商人とはそういう者かもしれませんがな。道久さまはお優しい方でしたから、石井さまのご紹介の手前、辞めさせにくかったのではございませんかな」

大原は春五郎という用人が気に入らなかったようだ。

「道久さまが亡くなられた後、辞めると春五郎の方から申してまいりました」

市兵衛は、安曇へ膝を向けた。

「ご当家の蓄《たくわ》えは、現在、いかほどありますか。当座のやりくりに融通をお願いすることになるかもしれません。大体の額で結構です」

「蓄え……」

安曇が細い肩を落とした。

「まさか、蓄えがまるでないということでは、ありませんよね」

大原が皺《しわ》だらけの顔をいっそうしかめた。

「もうすぐ知行米が運ばれてまいります」

「昨日申しあげましたように、知行地の石高だけでは足りませんが、道久さまの小十人衆の職禄百俵がありましたから、十分とは言えなくとも多少は余裕があったはずです。お見受けしたところ華美な暮らしはなさっておられませんし、奉公人の数も相応です。何か、大きな費《つい》えがあったのですか」

侍にあるまじき相対死をした道久には、葬儀も許されていないはずだった。

安曇はしおれた。

大原がぶつぶつと愚痴をこぼした。

「春五郎め、いい加減な。何のための用人だ。まったく」

「つまり、ないのですね、蓄えが。銀一枚も……」

安曇がしおれた顔を辛そうにあげて、頷いた。

「そうですか。ありませんか。ふうむ」

多少はあるだろうと、当てにしていた蓄えがないのは苦しい。

しかし市兵衛は、にっこりと安曇に微笑んだ。

「仕方ありませんな。ないならないで考えましょう」

安曇が、ほっとしたように白い綺麗な歯並みを見せた。

「それから、昨日は頼之さまがおられたのでお訊ねいたしませんでしたが」

市兵衛は切り出した。

「道久さまが残された借財のことです。矢藤太が申すには、借財にひどくお困りとうかがいました。そのやりくり算段が実はわたしのお役目なのだと。道久さまはいかほどの借財をなさっておられたのですか」

安曇と大原が顔を見合わせ、頷き合った。

「日本橋の蠣殻《かきがら》町で金貸しを営んでおります中丸屋《なかまるや》伝三郎《でんざぶろう》という者より、三ヵ月前に五十両を借り受けた手形が、道久が亡くなりましてから出てまいりました」

「道久さまが亡くなられて間もなく、中丸屋の手代らが訪ねてまいり、手形を突き付けて、三ヵ月の期限だからと返済を迫ったのでござる。人の苦衷《くちゆう》に一片の考慮も払わぬ、わきまえを心得ぬ連中でござりました」

「手形は道久さまのものに間違いはありませんか」

「道久の使っておりまする印章の捺印《なついん》が、ございました」

「道久さまは五十両を、何に使われたのです？」

「それが……家計は道久の指示で春五郎が取り仕切っておりましたので、何に必要なお金だったのか、今もわからないのです」

「五十両は知行地の収入より多い。それほどの金額の使い道がわからないのは変ですね。春五郎にお訊ねになられましたか」

「奥さまの代理で、それがしが訊ねてまいりました」

大原の説明によれば、春五郎は道久にどうしても必要だから工面してきてくれと命じられ、中丸屋から借りて五十両をそっくり渡した。

道久が何に必要としていたのかは知らぬと、春五郎の話では埒《らち》が明かなかった。

「春五郎が借りて渡したのなら、印章を道久さまから預からねばなりません。道久さまは相当、春五郎を信頼なさっておられたのですね」

大原は納得できかねるように首をひねった。

すると安曇が、か細い声で言った。

「あのう、借金は石井さまに肩代わりしていただき、返済はいつでも都合のつくときでいいと仰られ……」

「肩代わり？　どういうことですか」

「実は手形には石井さまの裏判が捺《お》してあり、自分も裏判を捺した責任があるのだからと肩代わりを石井さまの方から申し出られ、返済についても考慮していただいております」

「そうですか。四千石の大家なら、五十両ぐらい何とかなるのでしょうな」

「役立たずの春五郎を紹介したのだから、石井さまにも少しは責任を感じてもらわねば。だいたい、お友だちであれば裏判など捺さず、どうして道久さまをお止めしてくださらなかったのか。友だち甲斐のない」

「大原、そのようなことを申してはなりません。石井さまはご親切に言ってくださっているのですから」

安曇にたしなめられ、大原はしぶしぶという風情《ふぜい》で口をつぐんだ。

市兵衛はやっかいな事情が絡んでいそうなことを矢藤太から聞いていた。

道久の相対死は賢い侍のすることではないけれども、人にはそれぞれ他人に推《お》し量《はか》れぬ事情がある。

人の裏事情にまで立ち入るのは、渡り用人の分を越えている。

ただどういう借金であれ、使い道は把握しなければならない。

「道久さまが何に使われたのか調べてみます。但し、詳細がわかれば、お辛《つら》い事情がお耳に入るかもしれません。頼之さまにもです。お含みおきください」

「覚悟はしております」

「それと一度、入間郡の知行地を頼之さまと廻ってみましょう。頼之さまも新しく家督を継がれ、ご自分の知行地をご覧になり、知行地の収穫を増やす手立てや米のほかに絹や茶、芋などの収穫について、名主や村の主立った者らの考えを直《じか》に聞かれるのは役に立つはずですから」

安曇と大原が、なるほどもっともな、という顔付きで揃って頷いた。

三

大原が納戸の奥で埃《ほこり》をかぶっていた一昨昨年より去年までの三年分をひと綴《つづ》りにした一冊と、今年のまだ紙数の残っている一冊の金銭出入帳を引っ張り出した。厚紙の表に表題はなく、年度だけが記してある。

市兵衛は午前から、帳面に計上された収支の洗い直しに取りかかった。

帳面は、商人の大福帳のような詳細な帳簿ではなかった。

支払いの額のみを大雑把に記した控帖程度のもので、支払い先と支払いの使途が不明であったり、日時の明らかな誤記、金額の算出間違い、金額の小さい支払いなどは計上していなかったりと、調べてみるとやっかいな代物《しろもの》であった。

第一に、その年の収入の記載のないことが市兵衛を悩ませた。

小十人衆の職禄百俵は切符米支給だから、春夏冬の三季に収入がある。それに知行地の年貢米四十石の収入は、冬季と同時期と考えられた。

しかし、張紙値段の相場によって切符米の収入額は変わるし、年貢米もその年の作柄によって収穫高も違ってくる。

また米一俵であっても、四斗詰めと三斗五升詰めの違いもある。

収入が自然条件や公儀の政策の変更などにより違っていたはずだが、間違いなく入る大雑把な収入に馴れ、それでよしとしている。

渡り用人・市兵衛にはその家の金銭出入帳を見れば、世襲の禄を食《は》んで家政を軽んじる侍の粗雑な暮らしが、手に取るように伝わってくる。

借財はおいても、高松家の窮状は主《あるじ》であった道久の責任なしとは言えなかった。

市兵衛は帳面の不明な支払いや日時などを、大原と清助おきね夫婦に一つひとつ質《ただ》し、算出し直し、記された額や内容の誤記に朱を入れる作業に没頭した。

午後、頼之が私塾から帰ってきた。

改めて挨拶をしたとき、頼之は明らかに市兵衛が父親の書斎を使っていることに不満な様子であった。

父親の記憶や思い出がまだありありと残っている書斎を、市兵衛という氏素性《うじすじょう》の知れぬ男に勝手にされている、それが頼之には許せないのだろう。

中庭を隔てた部屋からお復習《さらい》の素読が聞こえ、素読がすむと中庭で気合を入れて木刀を振り始めた。

えい、えい、えい……

おれもそうだった、と市兵衛は朱筆を止め、ぽつねんと考えた。

敬愛していた父親を亡くした後の空白を、なぜ、という怒りに似た思いで補っている八歳の頼之の心情がわかる。

十三歳のとき父親を亡くした市兵衛は、当てもなく江戸を出た。

なぜという怒りを捨てて童子は大人になり、やがて老いてゆくのだ。

「しつれいい、いたします。よろしいですか」

廊下に安曇の声がした。

「どうぞ」

市兵衛は筆を置いて、いずまいを正した。

襖が開き安曇が膝《ひざ》を滑《すべ》らせると、殺風景な部屋に光が差した。

安曇は市兵衛と対座した膝の傍らに紫の小さな袱紗《ふくさ》包みを置いた。

えい、えい、えい……と頼之の素振りが続いている。

「うるさいですか。お仕事の邪魔になるなら止めますが」

「お気遣いにはおよびません。元気な声は気持ちがいい」

「いつもああなのですよ。今日は特に激しいようで。子供なのです」

「頼之さまはわたしがこの部屋を使うことが、お気に召さないようです。亡くなられた道久さまの書斎だったからでしょう」

「よろしいのです。思い出は断ち切って、もう先に進まなくてはなりません」

安曇の意地のような感情が、一瞬、垣間《かいま》見えた。

市兵衛は頷いた。それから言った。

「ご用件をうかがいましょう」

「あの、これを……」

安曇が袱紗包みを市兵衛の前に差し出し、はにかみを浮かべた。

「拝見いたします」

袱紗包みを解くと小判が出てきた。

十数枚……それが何か、市兵衛には察しがついた。

「ご自身の蓄えですね」

「高松家へ嫁ぎます前に、実家の父が持たせてくれたものです。火急の折りの備えにするようにと。道久の借金がわかったとき、これを出して少しでも額を減らすことを考えましたが、どうしてもその気になれませんでした。でも、今がそのときのように思われます。これを、やりくりの足しに使ってください」

「今がそのときでは、まだありません。道久さまの借金は詳細を確かめてから対処を考えます。これは仕舞ってください」

市兵衛は手をつけず、袱紗を直し安曇の方へ押し戻した。

安曇は目をしばたたかせた。

「ちょうどいい折りなので、おうかがいしたいことがあります。よろしいでしょうか」

安曇はためらいがちに頷いた。

「まだ全部ではありませんが、支払いの詳細を見る限り、当家の家計が厳しいとは考えられません。むしろ、一昨昨年と一昨年は、家禄職禄に大きな変動がなかったのであれば、蓄えができたのではないですか」

「はい。道久の職禄が百俵にご加増になりました五年前から、暮らしにゆとりができてまいり、少しずつ蓄えをしていると夫は申しておりました」

「それが去年から今年にかけて、使い果たされておったのですね」

安曇の表情に困惑が浮かんだ。

「去年の九月から用人の春五郎がいたのですから、春五郎が家計について何か申しておりませんでしたか。あるいは、道久さまが仰っておられたとか」

「いえ。何もうかがっておりません」

「ご無礼をお許しください」

と市兵衛は断わってから続けた。

「道久さまはある女性《にょしょう》との相対死を遂げられたとうかがっております。道久さまの行状に、今になって思えば、蓄えを使い果たし、さらに借金を拵えるほどの原因があったとは、考えられませんか」

「道久はそのような夫ではないと思いこんでおりました。けれど、この度の夫の所業は、人の心の見えぬ闇を見せられた気がいたします。夫は妻であるわたくしに家計の気遣いをさせなかった。同時に夫は妻であるわたくしに、もうひとりの己《おのれ》を隠していたのですね」

「相手の女性に、お心当たりはないのですか」

市兵衛は踏みこんだ。

「恥を申しますが、まったく心当たりがありません。愚《おろ》かでした」

安曇は短い間を置いた。そして言った。

「ただ夫は、去年から石井さまとはひんぱんにお付き合いをしておりました。春五郎を用人に雇い入れたのも、石井さまのお薦《すす》めがあったからです。幼友達《おさな》でしたけれど、夫が番方の勤めでお城にあがってからは、十年以上、お付き合いが途切れておりましたのに……」

市兵衛は、石井との付き合いが始まってから道久が変わった、と安曇が言外にほのめかしているような気がした。

「なぜ、去年、付き合いが始まったのですか」

「さあ。たまたまだと思います……」

安曇は考え考え言った。

「あの、夫はよく書き物をして日記をこまめにつけておりました。職場の出来事や人付き合い、遊興のこと、何月何日に何があったという風に、細かく羅列しているだけの日記ですが、費えの内容を調べる助けになるかもしれません」

「それはありがたい。不都合がなければぜひ読ませてください」

「それではすぐに」

しかし安曇はすぐには動かなかった。

己の心に兆《きざ》した感情のうねりをやりすごそうとするかのように、胸をはずませ西に傾いた橙《だいだい》色の日差しと土塀の影が映る腰障子へ寂しげな目を投げた。

えい、えい、えい……

頼之の懸命な声が庭ではまだ続いていた。

四

翌日の昼さがり、市兵衛と大原甚右衛門は霞《かすみ》ヶ関潮見《せきしおみ》坂のある通りから三年《さんねん》坂へいたる小路を、なだらかにくだっていた。

通りがかりもなく、日盛りの小路の両側に練塀《ねりべい》が続いていた。

寄合席旗本・石井家四千石の屋敷がこの小路に長屋門を構えている。

大原はとぼとぼと歩みながら、歩調を合わせる市兵衛に語っていた。

「とにかく神田の自身番へ奥さまと急ぎましてな。その夕刻、自身番の役人から本所二ツ目之橋、小普請組の中山丹波《なかやまたんば》という御家人の、絵梨《えり》という内儀が相対死の相手と知らせがまいった。まあ驚いたというか、わけがわからんというか」

道の両側の屋敷は静まりかえり、澄んだ青空が広がっていた。

「それがしも奥さまも、ちんぷんかんぷんだった。中山丹波など初めて聞く名だったし、むろん、内儀の絵梨などという女と面識もない。一体、道久さまはどこで絵梨という内儀と知り合われたのか、今もって謎なのでござる。もっとも、もはや詮《せん》ないことゆえ調べもしておりませんが」

「昨日、道久さまがつけておられた日記を読ませていただきました」

「ほう、道久さまの日記を。奥さまは唐木どのを信頼なさっておられる」

「道久さまは、いつどこで誰と会い、会った用件、使った金額をこまめに記しておられた。職場での噂話なども面白く書かれてあり、ご気性が偲《しの》ばれました。お陰で不明だった使途がいくつか明瞭になって、仕事がはかどりました」

「子供のときからお仕えしてきたが、几帳面《きちょうめん》なお方でしたからな」

「これなら道久さまが収支の管理をなさっておれば、渡りの用人など雇う必要はなかったのではないかと思いましたよ」

「それが何があって道を踏み誤られたか……」

「しかし、相対死をうかがわせる記述は見えなかった。日記の最後の日付は八月十一日で、ラクダのことが書かれてあった」

「ラクダ?」

「両国広小路の見世物小屋で見られるペルシャという異国の獣です。頼之さまが見たいと仰り、奥さまも関心を持たれ、ラクダの話題で三人があれこれ話された」

「それが?」

「三日後、道久さまは相対死をなされた。屈託もなげにラクダの話題で一家団欒《だんらん》があった三日後にです。相手の絵梨という名もそれをほのめかす女の影も、むろん中山丹波の名も日記には出てこない。なのにラクダは出てきた」

道の前方に眼差しを投げた。

武家地のでこぼこ道がだらだらと続いていた。客商売の商家の道は整備されているが、武家地の道は放置され荒れた道が多い。

「奇妙だと思いませんか。役目に触れる内容を書かないのならわかりますが」

「万が一、日記が人の目に触れる場合を考えて伏せられていたのでしょうかな」

でこぼこ道の先に大家らしい長屋門が見えてきた。

「あそこで、ござる」

話の途中で、大原が顎をしゃくった。

市兵衛と大原は応対に出た若党に案内され、広い屋敷の畳敷の廊下をすぎ、次の間から客座敷へ通った。

座敷の庭には松や竹林が日影を落としていた。

錦鯉《にしきごい》の泳ぐ池が掘られ、二基の装飾を凝らした石燈籠《どうろう》が池の両側に立っている。

さすがに四千石ともなれば屋敷の広さや趣《おもむ》きが違う。

そこへ、若衆髷《わかしゅうまげ》に色鮮やかな小袖と袴姿の長身の女が縁廊下を音もなく渡り、茶器を運んできた。

市兵衛と大原は思わず女を見あげていた。

妖艶な笑みを紅い口元に浮かべ、女が低い声で言った。

「殿は、ただ今、お見えに、なられます」

女の口調に、聞き覚えのないかすかな訛《なま》りがあった。

やがて、石井彦十郎が縁廊下を踏み鳴らして現れた。

石井は、隆とした体軀に銀糸をちりばめた薄鼠《うすねず》の袷《あわせ》を着流した上に黒の袖なし羽織をかけ、陰鬱《いんうつ》な顔と血走った目を、不機嫌そうに市兵衛へ向けた。

さらに二人、若衆髷に同じ拵えの色が異なる小袖袴をつけ、腰には飾りのように小刀まで差した妖艶な女を従えていた。

女は三人とも背が高く、妖しい艶めきと脂粉の香《か》を座敷に振りまいている。

書院造りの床の間と違い棚を背にして石井が座り、女たちが石井の後ろに控えた。

そして、大原が訪問の挨拶と新しく雇い入れた用人の市兵衛を紹介する間、大原よりさがって着座する市兵衛に眼差しを粘りつかせた。

石井は気怠《けだる》そうに、いきなり横柄な口振りで言った。

「わざわざのご挨拶、いたみ入る。このような姿で許されよ。少々具合が悪い。唐木市兵衛か。侍の渡り用人は珍しいな。算盤ができるのか」

「はい。上方で少々修業いたしました。よろしくお願いいたします」

「よろしくも何も、高松家の窮状はわかっておる。せこせこと算盤をはじいてどうにかなる状態ではない。任せておけ。そのうちに何とかしてやる」

石井は尊大に頷いて見せた。

「大原、安曇どのにもたまには顔を出せと言っておけ。屋敷にばかり閉じこもっておらず外へ出て気晴らしも必要だ。どこへなりとも、案内して進ぜるとな」

「ははあ。そのように申し伝えます」

大原は平身した。

「唐木、おぬしにはわからんだろうが、高松道久は竹馬の友でな。童子のころから学問、剣術を競《きそ》いあい、励ましおうた仲だ。道久はわずか百石の小身だったが、身分差などおれは全然気にしなかった」

石井は頰を引きつらせた。

「少し粗雑な男だったから、はらはらさせられる失敗も少なからずあった。だからこれまで道久のためにはずいぶん尻拭いをさせられた。なのに、とうとうあんな死に方をしおって……馬鹿な男だ」

笑っていた石井が、急に感極まった様子で掌で目を覆った。

「今にして思えば、三ヵ月前、借金手形に裏判を頼まれたとき、道久があまりに必死なものだから黙って捺してやったことがかえって仇《あだ》になった。あの折り諫《いさ》めてやれば、こんなことにはならなかったのかもしれん。なあ大原。兄弟同様の、いや兄弟以上の友を失って悲しいぞ」

大原の背中が、ごもっともで、というふうにしきりに平身している。

「友としてできることは、道久の借金を肩代わりしてやることだけだ。唐木は借金のことは聞いておるな。返済方法についておぬしの裁量を考慮してやる。数日中に素案を作って持ってまいれ。悪いようにはせん」

女たちの爛々《らんらん》とした眼差しが市兵衛を舐めた。

早く殿にお礼を申せ、と言いたげな目付きだった。

「ご配慮、いたみ入ります。卒《そつ》じながら……」

と、市兵衛は石井に言った。

「道久さまのその借金について、少々お訊ねいたしたきことがございます」

「訊ねる？　何をだ」

石井が表情を露骨に曇らせた。

「道久さまの借金の理由をお訊ねにならなかったと申されましたが、古いお付き合いの間柄、生前の道久さまの行状に、お心当たりはございませんでしょうか」

「今さらそのようなことを訊いてどうする。理由は何であれ借金は返済しなければならん。その算段をするのがおぬしの仕事だ。余計な詮索《せんさく》をして、知らずもがなの事情が明らかになれば、雇い主の恥になるではないか」

「そうではありましても、これまでの収入支払いの詳細を把握することによって今後の家計の方針を立てるのが、用人の役目でございます」

ふん、と鼻を鳴らした石井の額には、薄っすらと汗が浮いていた。

「安曇どのには話してはおらんが、実はな、道久は若いころから遊蕩《ほうとう》の激しい男であった。生真面目を装った裏の顔は女好きでな。道久の尻拭いとは殆《ほとん》どが女のことだった。岡場所にもこっそりよく通っておった。たぶん、そういう遊びのつけが溜まってどうしようもなくなり、金が必要だったのだと思う」

「そんな遊び金のために、石井さまにわけも話さず、ただ必死に手形の裏判を頼まれたのですか。竹馬の友の石井さまなら、わけを話せばわかっていただけたでしょうに。妻には話せないことも友になら話せる、気心の知れた友とはそういうものではございませんか」

「あ、ああ、そうだ。そういうものだ。だが道久はわけを言わなかった。金額が大きいのでさすがにはばかったのだろう」

石井は怠そうな溜息をつき、首をほぐすように廻した。

「道久さまは、去年より石井さまとたびたびお付き合い願っておったとうかがっております。当然石井さまは、道久さまがどこの岡場所のどんな女郎と馴染《なじ》みだったかを、ご存じなのでございますね」

「詳しくは知らん。道久は隠れて女遊びをやっておったのでな。たびたびというのも半分はわたしの名前を借りて、ひとりで出かける言いわけに使っておった。安曇どのに知られるとまずいというので、口裏合わせを頼まれたこともある」

石井の顔色がひどく悪くなっていた。

「わたしと付き合うだけなら、酒を呑むのも芸者をあげるのも全部わたしが持つのだから、借金など作らずとも済む。相対死を遂げるほど深みにはまった女との事情も知れたろうし、知っておれば友として当然諫めた」

「では、相対死の相手の女にも、お心当たりがなかったのでございますか」

「知らなかった。本所の貧乏御家人の女房らしいな。後で知らされ意外だった」

「道久さまの遊びの行状を何もご存じなく、道久さまが岡場所にこっそり通っていたことは、何ゆえご存じなのでございますか」

「何ゆえだと？　察しの悪いことを訊くやつだ。男と男が長く付き合っておれば、言葉に出さずともそんなことはわかるのだ。以心伝心、男同士のそういう機微が算盤侍にはわからんらしい」

石井は引きつった甲高《かんだか》い声で笑った。

後ろに控えた女たちが、ほほほ……と笑い声を併《あわ》せた。

「不調法なもので」

市兵衛は微笑み、問いを変えた。

「道久さまの手形に裏判を捺印なされたときは、道久さま自身が金貸しをともなって当お屋敷に見えたのでしょうか。それとも……」

言いかけたとき、石井が激しく咳こんだ。

顔色が見る見る青ざめ、加減がいっそう悪くなったようだった。

腹を押さえて身体をよじり、呻《うめ》きながらこみあげる嘔吐を堪えた。
「殿」「との……」と女たちが石井を左右から抱きかかえた。
石井は身体を折り、冷汗を流し、子供のように足をじたばたさせた。
市兵衛も大原も、何が起こったのかわからず、呆然と見つめるだけだった。
「殿は今朝ほどより、ご不調を訴えておられる。本日は、これまでにいたされよ」
石井を抱きかかえたひとりの女が、うむも言わさぬ眼差しで二人を射た。

市兵衛と大原は三年坂をくだり、虎《とら》ノ門《もん》より山下《やました》御門の方角へ濠端《ほりばた》を辿った。
うららかな日差しが二人を包み、濠には水鳥が遊んでいる。
ここらあたりになると、武家屋敷に出入りする商人や行商などともいき交う。
だが二人は言葉少なだった。
別れ際の石井彦十郎の容態の変化とどこか奇妙な暮らし振りに、不審が兆《きざ》した。
石井は道久のほんとうの友だったのか。何か病気を抱えているのか。
「道久さまは、石井さまの言われるようなお方ではなかった」
大原がぽつんと言った。
「それにしても面妖《めんよう》な。三年前、道久さまのお供をして石井さまを訪ねたとき、あのような妙な女はおらなんだ。あれは女中なのですかな、家士なのですかな」

「別式女です」

「なんでござる、それは……」

「戦国の気風が残っていたころ、大名の奥向きで武門武士らしい女を珍重する風潮があったと聞いたことがあります。奥女中ではない。女武者です。今はもう別式女の風潮は廃《すた》れ、男装の女なら深川の羽織芸者しか知りませんが、公儀の手前、今どきそのような女を旗本が抱えるのは珍しい。それにあの女、妙な訛りがあった」

「女武者ならば、腕は立つのですか」

「あの三人は仕種が違っておりました。相当の腕前と思われます」

大原が市兵衛を、おぬしにわかるのか、と問いかけるように見かえった。

「あの姿で、夜伽《よとぎ》もするのですかな」

と大原は呟いた。

市兵衛は笑いもせず、首を傾げた。

「さあそれは、石井さまにうかがってみませんことには……」

五

五ツ半（午後九時頃）、路地は暗闇に包まれ、冷えこみがしんしんと身に染みた。

三十間堀《さんじゅっけん》を流す船饅頭《ふなまんじゅう》が物悲しい呼び声で客を誘い、河岸場のどこかの船宿では三味線のか細い音が、ちん、とん、と鳴っている。

井戸端の稲荷《いなり》の側から、大原がささやき声で言った。

「誰かきましたな」

「春五郎ですか」

井戸の屋根柱に凭《もた》れ腕を組んでいた市兵衛は、路地の入口の木戸で戯《ざ》れ言《ごと》を交わして笑い声をあげている男らの影を数えた。

「たぶん。あの声は春五郎ですな。きました」

木戸で男たちが夜更けも構わず声高に言葉を投げ合って別れ、四人の男の影が路地へ入ってきた。

雪駄《せった》がどぶ板と乾いた地面をだらだらと鳴らした。

「それにしても今日のヤハチには頭にきたぜ。あの女《あま》ぁ、お高く止まりやがってよう」

「けどいい女じゃねえか。常からぬしのあだな気を、知っていながら女房に、よ、ちりとてしゃん、ときたね。くうぅ」

「ちぇ。おらあもう、あの女《あま》ぁは金輪際《こんりんざい》お断りだ。顔も見たくねえ」

「ヤハチもおめえとは会いたくねえって言ってたぜ。何でだと思う?」

「何でだよ」

「おめえに会うと、別れが辛いからとさ」

「ええっ、ほんとかよ」

「嘘だよ。んなわけねえだろう。とんちき」

がらがら……と男らの笑い声が暗い路地に流れた。

「夜道を歩いて酔いが醒《さ》めちまった。呑み直そうぜ」

四人の男が井戸端へ差しかかったとき、二つの影がゆく手をゆらりと塞《ふさ》いだ。

「うん?」

四人の足音と話し声が止まった。

「春五郎、高松家の大原だ。待っておった」

と大原が穏かに言った。

裏店の障子を透して差す薄灯りが、両者の表情をかろうじて見わけさせた。

「大原さんか。嚇《おど》かさないでくださいよ」

「すまん。戻るのを待っておった。もう一度確かめたいことがあってな」

「確かめたいって、また中丸屋の借金のことですか」

「うん。それもある」

「やめてくださいよ。この前話したじゃないすか。何度訊かれてもおんなじことなんだから。それにあたしは先月、お暇《ひま》をもらった身なんです。いつまでもつきまとわれちゃあ迷惑だ」

春五郎は、大原と並んで立つ二寸ほど背の高い市兵衛を気にしながら言った。

「春五郎さん、唐木市兵衛と申す。あんたの後、高松家に雇われた者です」

「何だ、おんなじ渡り屋稼業か。町人じゃないのか？」

市兵衛は、ふむ、と頷いた。

「けど、大原さんだろうと唐木さんだろうと内幕は変わらないよ」

「その内幕の件、確かにうかがっている。それに、わからない支払い先がいくつか見つかってな。少し暇をいただきたい。立ち話で結構」

「どうしたい、春五郎。面倒かい」

後ろの男のひとりが言った。

「先月まで勤めてた旗本の、あたしの後釜だよ。何か訊きたいってよ」

「こんな夜更けにかい。迷惑な連中だな。あんたら侍かい。侍なら人を訪ねる刻限ぐらい、わきまえてねえのかい」

「まあいいや。何が訊きたいの。さっさと済ましてくれよ」

「春五郎さんは用人として家計を預かりながら、道久さまの五十両の借金を認められた。春五郎さんは、道久さまが何のために五十両を必要としていたか、使い道を聞かされていたのではないのか」

市兵衛は後ろの男には構わず、春五郎に言った。

「何度おんなじことを訊けば気が済むの。あたしは何も聞いてない。道久さまがどうしても五十両が必要だと仰った。わけを訊《たず》ねても話せんの一点張りだった。それで蠣殻町の中丸屋さんに頼みこんで、借りる算段をして差しあげたのさ」

「手形に捺した旗本の石井さまの裏判は、春五郎さんがもらったのか」

「それなりの人の裏判がなけりゃあ貧乏旗本に金は貸せないって中丸屋さんが承知しないからさ。道久さまが石井さまに頼んで、あたしが中丸屋さんを石井さまのお屋敷へ連れていって手形に裏判をもらった。それで借りた五十両を道久さまへ渡した。道久さまは体面があるから、あたしが代わりにいったのさ」

「五十両を、きっちりと？」

「利息は先に引かれるんだよ。用人のくせにそんなことも知らないの？　正しくは三ヵ月返済で、十両につき一分二朱の利息が引かれたから……」

春五郎が頭の中で勘定を始めた。

「春五郎さん、使途も不明な支払いを借金で賄《まかな》うのは用人の務めではない。そういうことを認めるなら、家計を預かる用人など雇う必要はないのだ」

「理屈はそうでも、雇い主に言われりゃあ理屈通りにいかないことがあるんだよ。あんたにもそのうち、貧乏旗本のやりくりの難しさがわかるから」

「昨日今日と、一昨昨年から春五郎さんが辞めた八月までの支払いの額と相手を記した帳面をひと通り調べた。わたしの勘定では、一昨昨年と一昨年で、合わせて十五両を超える蓄えができていたはずだ」

市兵衛は一歩踏みこんだ。

「高松家の暮らしはつましい。知行百石、職禄百俵の禄ならそれぐらいの蓄えができても不思議ではない。それが去年から今年にかけて消えている。特に、去年の九月からの不明な費えが著しい。春五郎さん、あんたが用人に雇われてからだ」

「な、何だよ。言いがかりをつけようってのか。あたしがいかがわしい使いこみをしたみたいに言うじゃないか。人聞きの悪い。何か証拠があってのことかい」

「偽りの証拠があるなら、あんたはとっくにお縄になってる。不明な中身を確かめにきたのだ。あんたには台所を預かる職分があった。なのにあんたは蓄えを使い切った。春五郎さん、何に使った」

市兵衛は春五郎を見据えた。

「たとえば、深川の勝又《かつまた》という茶屋にずいぶん通っていたな。駕籠《かご》代など含めて、ひと晩で二両、三両と使っていることも何度かある。あれは何の寄合だ」

「ちぇ。だからさあ、寄合の名目で道久さまの遊びに使ったんだよ。春五郎、どっか面白いところへ案内しろって仰るから、ご案内申しあげたのさ」

「道久さまは詳しく日記をつけておられた。それによれば、あんたの書いた日付と同じ日に、勤めに出ておられたり、在宅されていたり、来客を迎えられたりなさっていることが少なからずあった。春五郎さん、ほんとうは違うのではないか」

「日記だろう。そんなもの適当にごまかせるじゃねえか」

「己のために記し己が読む日記で、何をごまかすというのだ。偽りを咎《とが》めにきたのではない。間違いであったなら訂正すればよい。たとえ、己の遊興のために流用したとしても、その行為をとやかく掘りかえす気はないし、奉行所に訴えたりもせぬ。但《ただ》しそれは、あんたが蕩尽《とうじん》した費えを自らかえした場合だ」

「じょ、冗談じゃないよ。抜け抜けと人を盗《ぬす》っ人呼《と》ばわりしやがってさ。許さないよ。ただじゃおかないからね。ちょっとみんな、手を貸してくれ」

「おうおう、さんぴん、黙って聞いてりゃあ調子に乗りやがって」

と、三人の男らが春五郎に代わって前に出てきた。

二人は太った男と凶暴な目付きをした背の低い痩せた男で、前に出た一番精悍《せいかん》な中背の男が肩をゆらした。

「流用だと。偽りだと。費えをかえせだと。言ってくれるじゃねえか。友達がそこまで疑われちゃあ、言いすぎました、ご免なさいじゃ済ませられねえな。ええっ、二本差しが恐けりゃ田楽《でんがく》は食えねえんだ。おめえら、落とし前つけなきゃあこの路地から出られねえぜ」

春五郎が三人の後ろで市兵衛を睨《にら》んでいた。

「おらよおっ、どうすんだよおっ」

と中背の男がずかずかと踏みこんで、市兵衛の肩を勢いよく突いた。

だが、突いたと思った先に市兵衛の肩がなかった。

市兵衛が滑《なめ》らかな夜風のように肩をそよがせたからだ。

男は空足を踏んで暗がりへ前のめりになった。

途端、ごん、と井戸の屋根柱で鈍い音がした。

「ああ……いい……」

男は両掌《りようて》で顔を覆って屋根柱の前へ跪《ひざまず》き、呻《うめ》き声をあげた。

「やろうっ」

二人の男が猛然と市兵衛に襲いかかってきた。

市兵衛は背の低い方が見舞った拳《こぶし》を掌《てのひら》でぎゅっと握り、太った男の隙だらけの喉《のど》を手刀でひと薙《な》ぎした。

太った男が「げえっ」と声をつまらせ、どたどたと後退《あとじさ》った。

軒端の溜水の桶にぶつかって桶とともに倒れ、桶が男の重みで潰れた。

水がざざっと路地に流れる。

背の低い男の拳をぐるりと廻すと、男は凶暴な顔付きを子供のように弱々しく歪め、手もなく路地の泥水の中へ這った。

「あたあた……」

それを見た春五郎は、三人を残して「わっ」と逃げ去った。

路地の住人ががやがやと外へ出てきた。

「大原さん、引きあげましょう。役人がきたら面倒だ」

市兵衛は歩き出していた。

「は、はいはい」

と応じた大原が市兵衛の後ろから目を丸くしていた。

「今のはなんですか。唐木さんは何をしたんだ。あっと言う間だったから、よくわからなかった」

市兵衛は黙って水浸《びた》しの路地を出た。

第二章　神田川心中

一

小普請《こぶしん》組御家人・中山丹波は、本所二ツ目之橋の小路沿いにある組屋敷に半月以上も帰っていなかった。

屋敷には、十年前、家督を丹波に譲り退いた中山数右衛門《かずえもん》と妻の富代《とみよ》が、儚《はかな》く移ろう世間から目をそむけ、屋敷の奥の八畳間にへばりついて息を潜め、むざむざと朽《く》ち果てるそのときを待っているかのように暮らしていた。

「近所の子が、通りがかりに庭へ石を投げていきおる。中には縁に届いてからんからんと音を立てる。危なくて仕方がない」

継ぎはぎが目立つ垢染《あかじ》みた袷《あわせ》を着た小柄な数右衛門は、頰の垂れた浅黒い顔を憤《いきどお》りに歪め、抜けてまばらな黄色い歯をむき出した。

八畳間から見える庭は、手入れをする下男もおらず、荒れ果てていた。

庭に面した縁廊下の板戸が、表から板塀越しに投げられる石を防ぐため、終日立てたままにしてあるらしい。

そのせいか、屋敷内は薄暗く埃臭かった。

一日一度、勝手口から暗い台所へ声をかけるご用聞きの他は訪ねる者とてない寂《せき》寥《りょう》が、部屋の隅や薄暗い廊下やくすんだ天井に、亡霊のように澱《よど》んでいた。

と言って、数右衛門と富代は五十代半ばにすぎず、まだ老残を囲うほどの年ではなかった。

それほど大きな痛手を受けたということなのだろう。

「では、中山さんは半月前から戻っておられんのですか」

市兵衛は、話を中山丹波へ戻した。

「疫病神めが。あの男はろくでなしの破落戸《ごろつき》だ。娘は殺され、中山の家名が消えてなくなるのは見えておる。疫病神に潰されるのだ」

数右衛門は罵《ののし》った。

娘とは中山丹波の妻・絵梨である。神田川で高松道久と相対死をした女であり、数右衛門は道久に娘を殺されたと頑《かたく》なに言い張った。

「相手の旗本の家からは、娘を殺した一片の詫《わ》びもない。こちらが御家人だからと見くだしておるのだ。だいたい、そうであろう。女のたしなみは男に従うことなのだ。娘は旗本に従って相対死した。たしなみがあったからだ。それに引き換え、旗本は娘をたぶらかし、あまつさえ死に追いやった。武士の風上にもおけん。死にたくば、ひとりで腹を切れ」

市兵衛は数右衛門の身勝手な罵倒《ばとう》に逆らおうとは思わなかった。

それで娘を失った悲しみが癒《いや》され、庭に投げこまれる石の屈辱が少しでもはれるなら、怒りや憎悪にも意味はある。

それほど、数右衛門の風貌は老いさらばえて見えた。

老妻の出した白湯が温《ぬる》くなっていた。

老妻は白湯を出してから部屋の隅で薄い背中を丸め、何か繕《つくろ》い物をしていた。

この八畳ほどの一室が、老夫妻の居室であり、客座敷であり、寝間であり、後《あと》の屋敷内の薄暗がりは、亡霊たちの住処《すみか》なのだ。

「驚いたことに旗本の家は、改易にもならず倅が家督を継いだというではないか。中山家は消えようとしておるのに不公平だ。こんな菓子折りひとつで詫びを済まそうなども、人を見くびるのにもほどがある」

「これは詫びのための菓子折りではありません」

市兵衛は応えた。

今朝出かけるとき、安曇が「これを」と持たせた菓子折りだった。

「中山さまも悲しんでおられるでしょう。お辛いことをお訊ねするのです。お互いさまですけれど、せめてものお見舞いに……」

市兵衛が本所の中山丹波を訪ねる意向を知って、安曇が昨日のうちに用意しておいた金つばの菓子折りだった。

「では何か。先方は詫びる気はないのか」

「どちらが悪いとか過ちがあるとかを、談判にきたのではありません。高松家の者も大黒柱を失って苦しんでおります。そのうえ高松家は今、主人の残した使い道の不明な借金の手形が見つかり、苦境に追いこまれております。何のために使った借金なのか、確かめねばなりません」

老妻が、部屋の隅から市兵衛へちらりと振り向いた。

「もしも主人の残した不明な借金がこちらのご内儀との相対死にかかわりがあるなら、中山さんにうかがえば何か手がかりが見つかるかもしれないと、そう思ってお訪ねしたのです」

「丹波はおらん。旗本と娘のかかわりについても皆目見当がつかん。何があったのか、こちらが教えて欲しいくらいだ。とにかく、あの男がきてからわが家はめちゃくちゃにされた。絵梨も人が変わった。あんな娘ではなかった」

丹波は中山家の婿《むこ》養子だった。

「気味の悪い妙な男が訪ねてきたりして、こそこそと何かやっておった」

「妙な男？」

「どこの馬の骨かも知らん。とにかく気色の悪い男だった」

「中山さんの顔を出しそうなところに、心当たりはありませんか」

「どうせどっかの女郎屋に入り浸っておるのだ。いっそ、戻ってこぬ方が清々するが、疫病神でも中山家の禄を食んでおる。侍の分が守れんのなら、さっさと家を去れと言いたい。そうすれば、わが家も新しく養子が迎えられる」

数右衛門の歪めた顔に、この十年の年月の鬱憤《うっぷん》が滲んでいた。

数右衛門は丹波を病気療養とつくろって組頭に届けを出していた。だが、半月も戻らぬとあれば、取りつくろいにも限りがある。

すると、背中を見せていた老妻が干からびた横顔を数右衛門へ向けた。

「あなた」

細い声で、何かを促《うなが》した。

数右衛門はいがらっぽい咳《せき》払いをし、頬の垂れた顔をそむけしばらく考えた。

それから、いく分、口調がやわらいだ。

「丹波は、下谷《したや》の養玉院《ようぎよくいん》の寺小姓だった。今でも時どき、住職の清海《せいかい》を訪ねておるらしい。そこで訊けば、丹波のいき先がわかるかもしれん」

市兵衛は、数右衛門の口調がやわらいだわけを察した。

貧乏旗本や御家人の部屋住みの中には、幼いころから寺小姓にあがる者がいる。

十代の間、住職や寺の高僧の寵愛《ちようあい》を受け、代わりに不自由のない生活を送る。

望めば勉学に励むこともできる。

寺小姓たちは二十歳になると、御家人株や武家の養子縁組先を住職や高僧に買ってもらい、ようやく寺を出る。

おそらく丹波は養玉院住職・清海の恋童だった。

二十歳になり、中山家の婿養子の口を買ってもらったのだ。

珍しいことではない。しかし、数右衛門はうしろめたいのだろう。

中山さんは今でも……と市兵衛は訊ねた。

「あの男は疫病神だ。娘には可哀想なことをした」

数右衛門はいっそう顔を歪めた。

「唐木さん、丹波に会う機会があったら伝えてもらいたい。わしらが話し合おうと言ってたとな。このままでは両方ともが駄目になる。朽ち果てる」

二

下谷御切手《おきって》町の天台宗養玉院の住職・清海は、赤ら顔の恰幅《かっぷく》のいい体軀に白衣を着流した、五十代の僧侶だった。鼻の頭や額、綺麗に剃った頭が、庫裏《くり》の明かり窓から差す光をてらてらと跳ねかえしていた。

「丹波は七月の末以来、こちらには姿を見せておりません」

清海は、せり出した腹の前で銀煙管《ぎんキセル》を弄《もてあそ》びながら、市兵衛に言った。

「丹波の用件は大抵、金の無心です。何しろ当院で童子のころより小姓を勤め、拙僧とは父と息子のような間柄でしたので、甘えておるのですよ。ですから、可愛いところもあるが、三十にもなろうかという男がそんなに甘い心構えでどうすると、顔を見せたときはいつも小言になります」

と笑いながら煙草盆《たばこぼん》を引き寄せ、毛だらけの太い指で火皿に刻みをつめた。

「あの男は、せっかく中山家との養子縁組を取り持ってやったのに、寺の不自由のない暮らしが忘れられないのです。質素な暮らしに馴染めず、お内儀ともうまくゆかないらしく、悩んでおるようでした」

清海は煙管を吹かしつつ、火入れの火をつけた。

「そういうことがお内儀の相対死に繋がったと考えられなくはない。丹波も苦しんでおったのでしょう。拙僧のところへ相談にくればよかったのだが」

吐いた煙が、庫裏の黒く煤けた天井へのぼっていった。

「説教はしましたが、中山家へ入ってからの暮らし振りについては、丹波の方から話さない限り訊ねませんでしたからな。微禄ではあってもご公儀の御家人です。めったなこともできませんでしょうし」

清海は太い首に皺《しわ》を作って考えこみ、それから吐月峯《とげつぽう》に灰を吹いた。

「深川に荻野《おぎの》長敬《ちようけい》という御家人がおります。やはり当院の小姓をしており、丹波と同じ時期に養子先を世話してやった男です。互いに似た境遇で、気心の知れた仲と聞いております。暮らしの悩み事などを、拙僧などよりは荻野に相談しておったようです。荻野に丹波がどこでくすぶっておるのか、訊ねてみなさるといい」

市兵衛が日本橋浜《はま》町から深川へ新大橋を渡ったときは、午《うま》の刻をすぎていた。

十一棟が甍《いらか》を連ねる御籾蔵《おもみぐら》脇の賑やかな通りを東へ取って、大名の下屋敷や町地が入り組んだ深川の街衢《がいく》南側、小名木川との間の一画に御徒組御家人組屋敷の粗末な板塀が連なっていた。

商人のように黒い無地の前垂れをかけた荻野長敬は、少ししゃくれた顎《あご》に無精《ぶしょう》髯を生やし、頰がこけ、三十前後の年よりもだいぶ老けて見えた。

竹細工の内職の材料が散らかった部屋へ市兵衛を招き入れ、

「汚いところで申しわけないが、明日までに仕あげねばなりませんので」

と、内職の材料をざっと部屋の片側へのけて市兵衛の座る場所を作った。

「中山とは同じ時期に養玉院の寺小姓に入りました。わたしが十歳。中山は九歳でした。美童でね。清海の覚えがよく、寵愛を一身に集めておりました。あいつの駄目なところは、それを今も引きずっておるところだ」

荻野は、恋童だった十代の己の過去を恥《は》じるふうもなく、内職の手を動かす合間に途切れ途切れに話した。

「みな子供ですから、清海に気に入られようといろいろ媚《こび》を売るんですな。だが持って生まれた美しさにはかないません。羨《うらや》ましいと言うより、清海に嫌われて腹一杯、誰にも気がねなく飯が食える境遇を追われる方が恐しかった。あの手この手とおもねってね」

荻野は、ふん、と鼻を鳴らし、一重の尖った目付きに嘲《あざけ》りの色を浮かべた。

「わたしみたいなぶ男でも無事二十歳まで勤めあげ、こうして御家人の身分を手に入れてもらったってえわけです」

竹の皮を籠の形に組んでいきながら続けた。

「けど、駄目なのは中山だけのせいじゃない。清海は長崎帰りの薬師《くすし》から手に入れた高価な媚薬を特にお気に入りの子供に嗅《か》がせるんですな。そしたら得も言われぬ心地よい感応が兆《きざ》して、痛みを忘れるんです。あの媚薬は貴重だから、わたしらにはめったに使ってもらえません。わたしらはひたすら我慢ですよ」

作業は埃が立つので、障子が開けてあった。

濡れ縁と狭い庭があり、庭には竹で組んだ垣根を廻らせてある。

その垣根の向こうに隣家の内儀らしき女が現れたので、荻野は「どうも」と愛想よい会釈《えしやく》を送った。

「この家に住んで十年になりますが、わたしなんかまだ新参です。三代四代と代を重ねている家も少なくない。わたしのような者には嫁のきてもありませんし。いずれ、養子のことも考えなくては」

荻野の籠作りの作業が、がさがさと音を立てた。

「中山はその媚薬が癖になってしまった。婿養子には入ったけれど、内儀の絵梨どのと夫婦仲がうまくゆかなかったのは薬のせいだと、中山自身が言っておりました。内儀とは形ばかりの夫婦だった。そんな薬に手を出して妙な噂が上役の耳に入ったら、せっかく手に入れた身分を失うことになりかねんぞと忠告もしました。あいつはその場では金輪際《こんりんざい》止めると言うのですが、結局、今でも止められないんでしょうな」

中山丹波は婿養子に入ってからも、養玉院の清海を一ヵ月かせいぜい二ヵ月おきに、薬をわけてもらいに訪ねていたらしい。

だが、清海でも簡単に手に入る薬ではなかった。

また高価でもあり、手に入らないと中山は強請《ゆす》りまがいの暴言を吐くようになり、清海をてこずらせているという風聞が荻野の耳にも届いてはいた。

中山は「強請りなどと、大袈裟な」とせせら笑って否定したが、ここ二年ばかりは半月に一度、清海の元へ顔を出していたのは間違いないと、荻野は言った。

と言うのも、二年ほど前から、向島《むこうじま》のさる商家の寮（別荘）で薬がまとまった量を適当な値で手に入れる手立てをつかみ、その購入金を清海より得ているためだったらしい。

「どのような筋からそのねたをつかんだのか中山は話しませんが、薬を手に入れる先を見つけるまでは、中山が清海から薬をせびっていたのが、入手先を見つけてからは、むしろ清海が中山に金を渡して購入を頼んでいたと聞きましたよ」

荻野は手を止め、苦い笑みを障子の外へ投げた。

「甘えておる？　親子の間柄？　いい年をしてだと？　笑わせる。性質《たち》の悪い破戒僧ほど人に良識や道理を語りたがる。中山をあんな自堕落な男にしたのは清海なんです。あの坊主が中山の身体に媚薬の味を覚えさせたんです」

「ただ……」と荻野は続けた。

「絵梨どのの相対死は中山にも想定外の出来事だったんでしょう。己の享楽にかまけ家をないがしろにしている間に、絵梨どのと間夫が心中を計るなど、思いも寄らなかった。その旗本と絵梨どのがどういう経緯《いきさつ》で懇《ねんご》ろになったのか、まるで見当はつきません。だいたい高松道久なんて聞いたことのない名だし……」

荻野は、中山丹波はその向島の寮へいけば必ず現れるはずだと続けた。

「日本橋本石町《ほんこく》の薬種問屋・柳屋稲左衛門《やなぎやとうざえもん》の寮です。近くにいけばわかりますよ。

贅《ぜい》を凝《こ》らした、どこか異国風の不思議な建物ですから」

寮は隅田川から北十間堀へ入った小梅《こうめ》村に、瀟洒《しょうしゃ》な構えを見せていると。

三

市兵衛は小名木川の高《たか》橋の河岸場から向島まで、猪牙《ちょき》を頼んだ。

大川へ出て新大橋、両国橋、吾妻《あずま》橋へと川をさかのぼった。

吾妻橋を潜ると、そこらあたりでは浅草川とも呼ばれる隅田川の右岸、桜並木の植わった堤端に大名の下屋敷の土塀が連なり、上空や水草の繁茂《はんも》する汀《みぎわ》では、鴫《しぎ》が舞っていた。

左岸の花川戸《はなかわど》の河岸場で、荷足船や押送船《おしおくりぶね》、武州川越《かわごえ》と結ぶ舟運の平田《ひらた》船が繋留《けいりゅう》してあり、荷物を積みこむ人足の声が賑やかに聞こえてきた。

折りしも、花川戸の河岸場を一艘の押送船がするすると滑り出てきた。

押送船は、市兵衛の乗った猪牙の前方三十間ばかり川上をのぼっていき、すぐに隅田川から北十間堀へと方向を変えた。

北十間堀の北側には水戸《みと》家の広大な下屋敷があり、小梅村は水戸家下屋敷の東側一帯の広い田園地帯にあたる。

市兵衛の猪牙が続いて北十間堀に架かる源兵衛《げんべえ》橋を潜ると、押送船は中ノ郷《なかごう》の瓦焼場と水戸家下屋敷が両岸に続く堀川を軽快に進んでいた。

船には櫓を漕ぐ船頭の他に、背中に荷物を背負い、菅笠《すげがさ》をかぶった行商ふうの男が乗っていた。

ほどなく、押送船が小梅瓦町の河岸場へ着いた。

荷物を背負った男が船をおり、桟橋《さんばし》から雁木《がんぎ》をあがっていくのが見える。

市兵衛の猪牙は、押送船の隣に横付けした。

河岸場から荻野に教えられた常泉《じょうせん》寺の脇道を北に辿ると、前方に押送船の男が忙《せわ》しげに歩いていた。

西日が降りそそぐ男の背中を、市兵衛が追いかける形になった。

市兵衛はなぜか、男のいき先が気になった。

やがて町地が途切れ、田圃《たんぼ》の広がる風景の中に薬種問屋・柳屋稲左衛門の瀟洒な寮が木々の向こうに見えてきた。

荻野が言った通り、田園の背景とは趣きの異なる構えを見せていた。

唐風に反った屋根の甍《いらか》が青く、大棟の両端に取り付けられた龍の飾り瓦が天空をうかがっていた。

寮の敷地を枳殻《からたち》の垣根が囲い、孟宗竹《もうそうだけ》の林が青い甍に異国の彩りを添えていた。

前を歩いている男は勝手知った様子で、寮の庭の表格子戸の中へと消えた。

やはり……

いつも訪ねる行商がご用聞きにきた、そんな風情だった。

竹林の間の飛び石を伝った小道の先に、大庇《おおひさし》と両開きになった唐風の引き戸が開かれていた。

竹林でさえずる小鳥の声の他は、屋敷内は穏かに静まりかえっている。

市兵衛は冷やりとした敷石の土間に踏み入った。

案内を乞うたが、長い間、物音ひとつかえってこなかった。

やがて、括《くく》り袴の六十前後と思える男がゆるゆるとした足取りで板敷に現れ、

「おいでなさいまし」

と膝をついた。

「旗本の高松家用人を勤めます、唐木市兵衛と申します」

市兵衛は男に突然の訪問を詫びた。

そして、自分は中山丹波という御家人のいき先を探しており、中山がこちらの寮をよく訪ねているらしいと人伝《ひとづて》に聞き及んでいる、こちらでお訊ねすれば中山のいき先が知れるのではないかと思いうかがったと、事情を述べた。

「ただ今主人は、こちらにはおりません。主人がまいりますのは、月に一度か、せいぜい二度ぐらい、商いのお得意さまをお招きいたし、宴などを開く折りぐらいでございます。そういうお訊ねでございますなら、本石町の店へ向かわれた方がよろしいかと存じます」

男は市兵衛に、ゆるゆるした口調で答えた。

こういう寮は、金にゆとりのある主人が妾妻を住まわせている場合が多いが、この寮はそうではないらしい。

「あなたが、こちらの留守を預かっておられるのですか」

「さようでございます。普段は、手前どもと台所仕事をいたします端女《はしため》ひとりでございます」

「卒《そつ》じながら、ただ今申しました中山丹波という御仁をご存じではありませんか。半月に一度はこちらへうかがっていると、聞いたのですが……」

「こちらに見えますお客さまは、商いのお得意さまが殆《ほとん》どでございます。手前は主人の指図《さしず》を受けておるだけでございまして、お客さまおひとりおひとりのことにつきましては、主人にお訊ねいただきますように」

男は市兵衛を座敷へあげようとはしなかった。

見知らぬ者を無闇にあげないように主人より言いつけられているのか、男の応対は慇懃《いんぎん》ながら用心深かった。

市兵衛はふと、先に屋敷内に消えた押送船の男のことを訊いてみたくなった。

「今しがた、荷物を背負われた商人ふうの方が入られたのをお見受けしましたが、こちらでも何か商いをなさっておられるのですか」

「いえいえ、あの者は違います。柳屋は元は川越城下の江戸町《えどまち》で薬種店を営《いとな》んでおり、十五年前、日本橋に店を構えましてからも、川越城下の店はそのまま入間や新座《にいざ》、多摩《たまこま》、高麗を中心に商いを続けております。それで、たまに川越店の者が使いで本石町の店にまいります折り、みな手前どもの知り合いでございますから、こちらに足を伸ばし、川越の土産《みやげ》を置いていってくれるのでございます」

「川越の江戸町……」

市兵衛は武州の城下町の商家には似合わない、どこか異国の趣きが香る屋内の造りを見廻しながら、さりげなく言った。

「すると、あなたも川越の方なのですか」

男の目付きが、少し固くなった。

この男、もしかしたら見た目よりもっと若いのかもしれない。

男の意外に鋭い眼差しを受け、市兵衛は思った。

「こちらは異国の情趣が香っております。これはご主人のご趣向なのですか」

「主人が長崎へ商いにまいりました折り、唐人の館をご覧になり、玄趣《げんしゅ》を覚えられたとうかがっております」

「何と、商いで長崎までいかれるのですか」

「あの、よろしければご用件をおうかがいし、主人がまいりました折りにお伝えいたすこともできますが」

男が言い、市兵衛は愛想よく微笑んだ。

「やはり本石町のお店へうかがい、ご主人に直《じか》にお訊ねすることにいたします」

市兵衛は快活に一礼した。

踵をかえし、小梅村から北十間堀へ出る道を戻った。

考えてみれば、柳屋の寮は二ツ目の中山丹波の組屋敷からそう遠くはない。

中山は、半月に一度はこの道を通ったはずだ。

媚薬とはどんな薬だ。痛みをやわらげ心地よくなるというのは、どのような具合なのだろう。

市兵衛は歩きながら考えた。

中山丹波、妻の絵梨、そして高松道久、形だけの夫婦……三人にどのようなかかわりがあったのか、まだ何も見えなかった。

もしかして、道久の五十両の手形は高価な媚薬を買い求めるために……

市兵衛の脳裡《のうり》に養玉院の清海のてらてらと光る禿頭《とくとう》がちらついた。

常泉寺の角から堀端の道を西へ折れた。

秋の日が急速に弱まり、水戸家下屋敷の土塀が続く堀端に夕刻が迫っていた。

市兵衛が、堀端から源兵衛橋へ差しかかったときだった。

ふと、背中に粘りつく人の目を感じ、橋の手前で立ち止まった。

うん？

市兵衛は振り向いた。

あたりはまだ明るいが、寂しい堀端の道に人影はなかった。

夕暮れが近くなって冷たい風が吹き始め、水戸家の土塀から枝を伸ばした木々がかさこそとそよいでいた。

気のせいかと思い直し、源兵衛橋を越え、隅田川の堤を南へ取った。

吾妻橋を渡らず、ひたすら大川端を南に取って、やがて夕日を浴びた両国橋の橋梁が近付いてくる。

ここまでくると、勤め帰りの商人や職人の姿がいき交う刻限で、寂しい大川端と打って変わって両国橋の橋板を踏み鳴らす音が賑やかに聞こえてくる。

川面は夕方の茜《あかね》色の空を映し、冷たい風が小波を立てていた。

市兵衛は両国橋を渡って、西詰めの両国広小路の人通りへまぎれた。

広小路のざわめきの中に、振り売りや屋台の呼び声、銭を乞う芸人や勧進を募る僧の読経《どきょう》などが混じり、人々の活気があふれていた。

柳橋《やなぎばし》近くまできたときだった。

市兵衛の背中に、また誰かの目が粘りついた。

誰だ？

市兵衛は振りかえったが、そこには夕暮れ間近い西日の降る広小路を、ざわざわといき交う夥《おびただ》しい人波が見えるばかりだった。

唐木市兵衛を見送った初老の男は、急にしゃんとした足取りで黒光りする板廊下を奥の座敷へ戻った。

四

座敷には、長崎で手に入れたペルシャ絨毯《じゅうたん》を敷きつめ、マホガニーという南蛮の木材で誂《あつら》えた足の長い卓と四脚の腰かけがあり、押送船の商人風体の男がギヤマンの酒瓶の赤い南蛮酒を、同じギヤマンの盃に満たして飲んでいた。

四十代と見える骨太な精悍《せいかん》な面構《つらがま》えをした商人は、縁側を閉じた明り障子に映る西日に照らされた孟宗竹の影から初老の男へ視線を移し、

「帰ったか」

と言った。

「はい。本石町の店を訪ねると申しまして」

「何者だ」

商人は初老の男にかけるようにと顎で指示し、新しいギヤマンの盃へ南蛮酒を男のためにそそいだ。

「唐木市兵衛と申す男です。高松道久の家に新しく雇われた用人のようです」

「高松？　高松と言うとあの……」

「さようです。あの高松道久です。中山のいき先を探しており、中山を知らぬかと訊かれました」

　商人は眉をしかめた。

「花川戸の河岸場からずっと猪牙がつけてきてな。あの男が乗っていたのだ。河岸場からここまでも間を保ってぴたりとついてくるから、もしや公儀の密偵かと思い、肝を冷やした」

「考えすぎでございますよ」

「案ずるほどのことはないと思うが……」

　と商人は、気になる素振りを障子へ向けた。

「半季や年季雇いの用人なら町人が普通だが、唐木市兵衛という男、もしや」

「町人でございましょう。武家は体裁で、大抵、苗字帯刀をさせますから」

　初老の男は笑みを浮かべた。

「いや、侍だ。歩き姿でわかった。用人なら算盤ができるのだろうな」

「侍だろうと町人だろうと、所詮、貧乏旗本の渡り用人でございますから」

たいしたことはございませんよ——と口には出さず、葡萄《ぶどう》で造ったと聞く南蛮の酸《す》っぱい酒を口に含んだ。

しかし商人は眉に浮かべた皺を消さなかった。

「何しろ、馬鹿どもに下手な手を打たれると、後始末に苦労させられる。馬鹿には商いが戦《いくさ》だとはわかっていないのだ。人を始末するにも、損得勘定を立てるのが商いだ。侍は商いという戦の戦い方を知らん。知らぬ己に気付いていない馬鹿ほど手に負えぬ者はない」

初老の男は、先々代が主人だったころに川越の柳屋へ丁稚奉公に入り、先代に続いて仕えている今の主人の、公儀にも歯向かおうとする激しい気性を眩《まぶ》しく思っていた。

主人は異国へ渡り、異国の商人を相手に商いをする夢を、男に語った。

男は主人が語る壮大な構想に、商人魂をかき立てられるのだった。

もう少し若ければと、心ゆさぶられるのだった。

この主人の身体の中に商人魂を叩きこんだのは己だという自負が、男にはあった。

主人の夢は、男の夢になった。

妻ももらわず身寄りもなく、養子も迎えず、一途に柳屋に仕えて年老いた。

今となっては、男に失う物などないし、男は十三歳年下のこの主人にとっくに命を捧げていた。

ただ男は、南蛮の酒にはどうしても馴染めなかった。

あの喉が焼けるように強いが、こくのないウオトカという酒もそうだ。

惜しくもないこの命がどこで果てようと未練はないが、酒だけは武州の地酒がいいと、男は思っていた。

五

市兵衛が神保小路の屋敷へ戻ったころ、秋の日はとっぷりと暮れていた。

「やあ。お疲れお疲れ……」

大原甚右衛門が屈託のない笑顔で迎え、土間の井戸端で顔や手足を洗う市兵衛の傍らから離れず、

「で、本日の首尾はいかがでござった」

と、口調が軽い割にはせっかちに訊ねた。

「残念ですが、中山丹波には会えませんでした。中山は本所の組屋敷に半月以上も戻

っていないようです」

市兵衛は、両膚を脱いで一日歩き廻って汗ばんだ身体を拭いながら言った。引き締まった逞しい上体から白い蒸気が立つのを見て、この男、算盤だけではないようだと、夕べの三十間堀の路地の一件を思い合わせて大原は思った。

「後ほど奥さまに、今日一日のご報告をします」

「その前にまず夕餉をすまされよ。腹が減っただろう。腹が減っては、戦ではのうて算盤勘定が鈍るでな」

大原は気の利いたことを言ったつもりでか、ひとりで笑った。

ありがたい。

市兵衛は腹ぺこだった。

部屋では灯りがもったいないからこちらでと、台所の板敷でおきねの給仕を受け、油揚の味噌汁に隠元《いんげん》と大根の煮付け、茄子《なす》の漬物、それに鰯《いわし》の目刺を炙《あぶ》った肴《さかな》に冷や飯で空腹を満たし始めた。

「飯を食ってるときに申しわけねえでがす……」

清助が土間に明日の薪を運んだりしている。

火が残った竈《かまど》が台所を暖め、大きな鉄瓶がやわらかい湯気を立てていた。

そのとき、廊下のまいら戸がそおっと引かれ、頼之が頬の赤い顔をのぞかせた。

頼之は市兵衛と目を合わせ、昨日からの不満顔を投げた。

「おや、頼之さま、ご用でがすか」

清助が仕事の手を止めて声をかけた。

「唐木どのに話があって、きただけだ」

市兵衛は箸《はし》と碗をおき、頼之へ礼をした。

頼之は、つつつ……と板敷を踏んで市兵衛の箱膳の傍《かたわ》らへ座った。

「頼之お坊ちゃま、竈の火が暖けえでこちらにお座りなせいまし」

とおきねが場所をずらした。

「いや。少しだけだから、ここでいい。唐木どのも、どうぞ食事を続けてください。難しい話ではありません」

「そうですか。ではお言葉に甘えまして。この後、奥さまに今日の報告をせねばなりませんので」

市兵衛は箸と碗を取った。

頼之が市兵衛の食べっぷりをまじまじと見ている。

そう見られると少し食べにくい、と思っているところへ頼之が言った。

「今日、塾で友人と算盤の話になりました。算盤など、商人のすることで侍の身に付けることではないと友人が言ったのです」

市兵衛は目刺をがしりとかじった。

「わたしは唐木さんの言葉を思い出し、侍も国を治めるために算盤を学ぶ必要があるのではないかと申しました。すると友人は意外だったらしく、なぜそんな考えを持つのかと、少し言い合いになりました。友人は二つ年上で、塾のわたしたちの組では一番学問に秀でた男です」

市兵衛は目刺を咀嚼《そしやく》し、それから飯の茶碗と箸をゆっくり動かした。

「侍には侍の一分があり、町人には町人の、百姓には百姓の一分がある。人は己の一分を果たしてこそ人たり得るのであって、己の一分を守れない者は獣も同然だと言うのです」

頼之の目が市兵衛を問いつめるように輝いていた。

「たとえば、算盤で五倫《ごりん》の道が学べるか、算盤で陰陽《おんよう》五行の摂理《せつり》を知ることができるか。侍は五倫の道を学んで下々の手本となり、陰陽五行の摂理を探求してこの世を遍《あまね》く導かねばならないと」

おきねが頼之を横目で見て、頼之の大人びた小難しい理屈に啞然としていた。

「友人の言うことは正しいと思いました。けれども、それでいいのだろうかという気もしたのです。よくわからないが、友人に何か言いたかったのです。何が言いたいのかさえわからず、何も言えませんでした。それで今日は戻ってから、唐木どののお考えをおうかがいしようと、お待ちしておったのです」

「おきねさん、もう一膳頼む」

市兵衛は碗をおきねに差し出した。

はいはい、とおきねが飯櫃《めしびつ》の飯を大盛りによそった。

「その問いに答えるのは、わたしにも難しいですね」

市兵衛は頼之に微笑んだ。

「刀は道具ですが、侍は刀を武士の魂と言いますね。なぜ刀は武士の魂だと思われますか」

「それは……」

と頼之は、唇をぎゅっと結んで考えた。

「刀が、侍の勇気を表わしているからだと思います」

「そうですね。侍の武勇や礼儀や忠節を刀が表わすのでしょう。算盤は加減乗除という算法を使って、数を操《あやつ》る人の魂《たましい》を表わすのです。一という数は一碗の大盛りの飯になって人の空腹を満たし、一枚の小判になれば商いの元手の値打ちを表わす場合もある。値打ちは違っても、どちらも同じ一の数です」

市兵衛は飯を口に運んだ。

頼之は市兵衛をじっと見つめていた。

「頼之さま、一から十までの数を全部足すといくつになるか、数えてみてください」

「一から十まで？」

頼之はまた唇をぎゅっと結んで、考えた。

おきねも一緒に考えている。

「五十五です」

「正しい。どのように数えられましたか」

「それは、一と二を足すと三になり、三と三を足すと六になり、六と四を足すと十になり、というふうに順番に足していきました」

頼之は、それが当たり前でしょう、という顔付きになった。

「では、今度は一から百までの数を全部足すといくつになりますか」

「そ、それは……」

おきねが一緒になって首を左右に振った。

「これは数えるのが大変だ。けれどもこういう数え方ができます。一と百を足すと百一になります。二と九十九を足すと百一になります。三と九十八を足すと百一になり、四と九十七を足すとまた百一に、五と九十六を足してと、初めと終わりの数から順々に二つずつ足していき、最後に五十と五十一を足すのです」

頼之は必死に考え始めた。

「もうおわかりですね。一から百までの百の異なる数が、百一という五十の同じ数になるのです。次に乗法を使い、百一に五十をかける。算盤が使えれば簡単にできるし、商人なら頭の中で簡単に数えてしまいます」

おきねの方はさっぱりわからないらしく、ぽかんと市兵衛を見ている。

「五千と五十です」

「そうです。雲をつかむような数の群れが、その数の操り方、扱い方によってまったく別の仕組に変化をとげるのです」

頼之は、何か言いたそうに健気《けなげ》に市兵衛を見つめていた。

「人も同じです。操り方、扱い方を工夫すれば人はそれぞれに変化をとげ、違う値打ちを生み、違う生き方をするようになるのです。算盤は、人の変化、値打ち、生き方を操り扱う道具なのです。刀が侍の魂で五倫の道を学ぶことが侍の一分であるように、算盤を扱うことも侍の生きる道を示す異なる手段になるでしょう。なぜなら、侍も人なのですから」

懸命に考えを廻らしているきかん気な様子に、無邪気な愛嬌《あいきょう》がある。

市兵衛はさくさくと飯を食いながら、《賢い子だ》と改めて感心していた。

四半刻後、市兵衛は大原にともなわれ、奥の安曇の部屋に着座した。

安曇がおっとりとした笑みを市兵衛に向けた。

「夕餉は済まされましたか」

「はい。頼之さまと語り合いながら美味しくいただきました」

「まあ、きっとまたお食事中に難しい問いかけをしていたのですね。ご迷惑ではありませんでしたか」

「いえ。ひとりで食うより人がいる中で飯を食べるのは、楽しいものです」

「頼之は唐木さんに妙な対抗意識があるらしく、何か言いたくて仕方がないのです。わたしや大原にもわざと難しいことを問いかけたりするのですが、わたしたちでは物足りないのです」

「ははは……わたしは頼之さまの理屈好きにいつも悩まされておりますでな」

大原が肩をゆすった。

「それに父親が突然いなくなり、よけい鬱屈《うっくつ》が溜まっているのでしょう」

「それはそれとして唐木どの、本日の……」

と大原に促され、市兵衛は朝から本所の中山丹波の組屋敷、下谷御切手町の養玉院の住職・清海、深川の御家人・荻野長敬、それから向島小梅村の薬種問屋・柳屋稲左衛門の寮を訪ねた経緯を語った。

「ご苦労さまでした」

安曇が頭をさげた。

「ですが、道久さまとの繋がりはつかめませんでした。中山が行方をくらましているのが半月前からなので、絵梨という内儀と道久さまの相対死の時期と重なっています。中山が道久さまの借金の内容を知ってることは、十分考えられます。ともかくまずは、中山を捜し出さねばなりません」

「あのう、偶然かもしれませんけれど……」

と安曇がぽつりと言った。

「薬種問屋の柳屋さんが本石町にお店を構えている柳屋さんでしたら、霞ケ関の石井さまのお屋敷へ出入りなさっている薬種問屋さんですね」

「え？　柳屋が石井さまの屋敷へ出入りしているのですか」

「道久がそのようなことを申しておりました。柳屋さんは先代より石井家と懇意《こんい》にしている元は川越にお店のあった薬種問屋で、十何年か前に柳屋さんが本石町へお店を構えられる折り、江戸の問屋仲間の株を手に入れるに当たって、石井さまがお口添えをなされたそうです」

「そうです。元は川越の柳屋稲左衛門の薬種問屋です」

「石井彦十郎さまは子供のころから何か持病をお持ちとかで、今でも柳屋さんはご主人が石井家へお薬を届けているとうかがいました。道久も石井さまのお屋敷で、柳屋さんとは面識があったようです」

「持病、ですか。大原さん、昨日、石井彦十郎さまはわれらの前で急に具合が悪くなられましたね。持病とは、あれでしょうか」

「そうでしたな。ずいぶんお辛《つら》そうでした。何の病でしょう」

「柳屋は、どんな薬を石井さまに届けているのですか」

「どんな薬かまでは、聞きませんでした」

市兵衛の脳裡を、中山丹波が向島の柳屋の寮で求めた媚薬のことがよぎった。

痛みをやわらげ、心地がよくなる高価な媚薬だ。

中山数右衛門は、丹波を婿養子に迎えてから娘の絵梨が変わったと言った。

どのように変わったのだ？　中山丹波が使っていたのなら、もしかしたら絵梨もその媚薬を使っていたのではないのか。

道久との神田川の心中、道久の借金、道久と絵梨を繋いでいるのがその薬だとしたら……

柳屋は、どこでその高価な媚薬を調達してくるのだろう。

ああ、長崎か——市兵衛は思った。

六

裏神保小路の高松家門前から東へ半町ほど戻った一ツ橋通りの暗い辻の近くに、二人の侍が立っていた。

ひとりは隆とした体軀に濃い色の袷を着流して、渋い拵《こしら》えの大小を落とし差し、深網笠をかぶっていた。

もうひとりは、深網笠の侍の従者のような振る舞いで、菅笠に、これも夜目に黒っぽい羽織袴だった。

ただこの侍は、背丈が五尺（約一・五メートル）に届かぬ短軀で肩と胸の肉が岩のように分厚く盛りあがり、その背中を丸め小腰を屈《かが》めて高松家の門前の様子をうかがう仕種は、まるで魔よけに道端へ置いた獣の石像が菅笠をかぶったようだった。

深網笠の侍は両手を袖に入れ、短軀の侍の背後から、やはり高松家の夜の帳《とばり》が深々とおりた門前をうかがっていた。

小身の旗本の屋敷が多く並ぶこの一帯は、流しや屋台の売り声もなく、道に迷った野良犬もあまりの静けさに恐れをなしてそそくさと走り抜けていく。

はるか遠くで、半鐘が鳴っていた。

「間違いありません。あの男、高松家に雇われた新しい渡り用人ですよ」

短軀の侍が振りかえり、深網笠の侍を見あげた。

菅笠の下に、太い顎《あご》にごつごつした頬骨、ひしゃげた鼻に窪《くぼ》んだ眼窩《がんか》の底でぎょろりとした目が不気味に光っていた。

深網笠の侍は、ふむ、としか応えなかった。

短軀の侍はその反応が物足りないらしく、

「何の用があって柳屋の寮にいったのでしょうか。もしや、高松の家に探りを入れるために送りこまれたのでは、ありますまいか」

と、地を這う低い声を重ねた。

「そう、思うか」

短軀の頭越しに、深網笠がぼそりと訊きかえした。

「渡り用人の分際で、あの男、町人ではなく武士です。しかも相当腕が立つ。寮を出た後をつけ始めたらすぐ気付かれて、慌《あわ》てました」

「おぬしに気付いたのか。凄《すご》いな」

短軀はまた深網笠をかえり見た。

心なし、深網笠の様子が違っているように感じられたからだ。

「あれほどの腕を持つ侍の渡り用人など、聞いたことがない。間違いなく、何か裏がありますよ。どういう素性の男か、探ってみます」

ふむ、と深網笠の頷く声がかえってきた。

こういうときいつもなら細かな指示をくれるのだが、なぜか今夜は反応が鈍い。

短軀は、つい気になって言った。

「ご気分がすぐれませんのか」

「そんなことはない。考えておったのだ」

短軀は、やはりおかしいと思った。

心ここにあらずで、気が入っていない様子が見て取れた。

「何をでございます?」

短軀は訊きかえした。

「こちらが勝手に、読みすぎているのかもしれん。あの男、素朴に用人としての役目を果たしているだけとも考えられる。邪気《じゃき》が、感じられん」

「邪気を、ですか」

「裏があるのなら、おぬしにつけられている気配を感じて、まっすぐ帰るかな。小細工を弄し、気配が何か探ろうとするのではないか」

「確かに、それもそうですが……」

それでも短軀の腑に落ちたわけではなかった。

深網笠の侍は、笠の縁を指先で軽く持ちあげ、高松家の表門を眺めていた。まるでそこから誰かが出てきはしないかと、そわそわと待ち望んでいるふうでさえあった。

深網笠の侍は、五十を三つ四つをすぎた年配の年ごろに見えた。

若き日の精悍な面影は、強い眼差しや背筋の伸びた大柄な体軀に年齢を感じさせずにとどめているものの、長い月日を刻んだ哀愁が、激しさと思慮深さを併せ持つ侍の表情に、年齢相応の、穏かで物静かな陰翳《いんえい》を落としていた。

短軀は侍のそんな様子が意外だったから、
《もしや、隠退でも考えておられるのであろうか》
と考え廻らし、己自身の気持の乱れを覚えたのだった。

第三章　酔生夢死

一

「柳屋稲左衛門で、ございます。お見知りおきを」

柳屋の主人が畳に手をつき、顎骨の太い日焼した顔を唐木市兵衛に向けた。
四十七、八歳と聞いたが、見た目は年齢よりずっと若々しい。
細縞の黄八丈《きはちじょう》に包んだ中背の胸板が厚く、低く張りのある声が、商人《あきんど》というよりは豪農の主人を思わせる土に根付いた風格を備えていた。

市兵衛が改めて名乗り突然の訪問を詫びると、稲左衛門は眼差《まなざ》しをやわらげ、

「いいえ。実は夕べ、向島の寮から唐木市兵衛という御仁がお見えになられるかもしれぬと知らせを受けており、お待ちしておったのでございます」

と意外なことを言った。

「高松さまのご用人をお勤めとうかがいました。この度の高松道久さまの一件につきましては言葉もございません。わたくしはちょうど商いで越後へまいっており、江戸に戻って石井彦十郎さまより心中の一件をうかがい、ただもう驚き入った次第でございます」

稲左衛門は頭《こうべ》を落とし、哀悼を表わした。

「高松さまとは石井さまのお屋敷でご挨拶をいたしたことがございましたので他人事《ひとごと》とは思えませず、今でも信じられない気持ちでございます」

薬種問屋・柳屋稲左衛門の江戸店は、本石町の東西の大通りから鉄砲町《てっぽう》との町境を地蔵橋《じぞう》方面へ折れた本石町四丁目の表通りに、間口十間ほどの中堅どころの構えを結んでいた。

その朝、店先には《極上洋糖入荷》の幟《のぼり》が九月にしては生暖かな西風になびき、紺の日除け暖簾《のれん》がはためいていた。

その日除け暖簾を潜り、板敷の小広い店の間と前土間から通り庭を抜けて中口を上がった、縁廊下の先の客座敷だった。

「高松さまが残された借用手形のことも石井さまよりうかがいました。生真面目な高松さまでございましたから、さぞかしお悩みだったのでございましょう。お気の毒でなりません。せめてもの救いは、高松家がお取り潰しにならず、お子さまがご家督を継がれたことでございます」

「三河よりの古い家柄を考慮されて、かろうじて改易にはならずに済んだと、うかがいました。ただ葬儀は表立ってはやはり許されぬらしく、内々の者だけで済まされ、今は奥方おひとりが喪に服しておられます」

「そうでございましょうねえ。聞くところによりますと、本所の中山家でもお内儀の葬儀は行なわず、ご謹慎をなさっているそうで」

市兵衛は頷きながら、稲左衛門に猛々《たけだけ》しさにも似た威圧を覚えていた。

この男、町人の身で武芸のたしなみがある。

市兵衛は稲左衛門の目配り、仕種を見逃さなかった。

「うかがいましたのは、その中山丹波と申す御家人のことなのです」

市兵衛は、稲左衛門の威圧を押しかえして言った。

「昨日、本所の中山家の組屋敷を訪ね、ご隠居の数右衛門さんから中山丹波どのがもう半月以上も家に戻っていないとうかがったのです」

と、昨日、中山丹波のいき先を訊ねて、向島の寮へまでいった事情を語った。

「なるほど、それで中山さまのことをお訊ねに……中山丹波さまには数年前から柳屋をご利用いただいており、お話をうかがっておりますと趣味のお広い方でございましたので、それならばと、三月に一度、寮で開いております素人《しろうと》の句会にお誘いしたのが始まりでございます」

「句会ですか。昨日うかがった折り、寮の留守をなさっておる方が月に一、二度と言っておられましたが」

「句会と申しましても発句を口実に、お客さまをお招きし好きなことを語り合って四季折々の宴《うたげ》を楽しむのでございまして、実状はお得意さまをご接待申しあげておる集《つど》いでございます」

と稲左衛門は微笑んだ。

「ただ句会など興味のないお客さまもいらっしゃいますし、たとえば石井さまも向島でお遊びの折りはよく寮へ立ち寄られ、風景を愛でて一献を酌み交わすこともございます。ご一緒に高松道久さまもお見えになられたことがございました。そういう機会も合わせますと、月に一度か二度になりましょうか」

「中山どのは句会以外の目当てでも寮を訪ねておられたようですね」

「さて、どのような目当てでございましたか」

「中山どのは半月に一度、向島の寮にある薬を求めて訪ねていたらしいと、古い知り合いからうかがいました」

「ある薬？　薬屋でございますのでね。求められればご調達はいたしますよ」

「そうなのですが、その薬は痛みをやわらげ、心地をよくさせる特別な薬とかで、しかもとても高価で手に入れにくい媚薬とか」

稲左衛門は首をひねった。

庭の日差しを薄く遮る腰障子が、かたり、ことり、と風にゆれていた。

「ああ、津軽《つがる》のことでございますか」

稲左衛門は膝《ひざ》を軽く打った。

「津軽？」

「はい。支那では阿片《あへん》と申しておるケシという草から採取いたします痛み止めでございます。確かにあらゆる痛みをやわらげ、心持ちを鎮めて苦痛を忘れさせ、鬱屈《うっくつ》を抱えて眠れぬ人が眠れるようになるなどの効果が生じる特効薬でございますね。以前中山さまがひどい頭痛に悩んでおられた折りに、痛み止めに差しあげたことがございます。その薬のことを仰っておられるのでしょう」

稲左衛門は、ふふ……と独笑をもらした。

「ですが、媚薬は大袈裟でございますな。医師から治療に用いるので仕入れて欲しいと求められますが、仰る通り高価で量も少なく、手に入れるのが難しい薬でございます。中山さまには一度差しあげた以外は、人から頼まれたと二度ばかり代金をいただきお分けしたかと記憶しております。媚薬などと、そんないかがわしい薬ではございませんよ」

「しかし中山どのはその薬が癖になって相当無理をして金を工面し、柳屋さんの寮をたびたび訪ねていたとも、その知人は言っておりました」

「癖になるのは酒も煙草も同じでございましょう。医師や薬を扱う者が、適量を間違わなければ癖になるほどのことはございません。それにいくら代金を払っていただきましても、多量に手に入りませんからお分けできないのでございます」

障子と向き合って廻らした襖絵には四季の草花がさりげなくあしらわれ、違い棚の一輪差しに弁慶草《べんけいそう》が活《い》けてある。

隣合わせた檜《ひのき》の化粧柱をあしらった床の間には山水の掛軸がかかり、奥ゆかしく香を焚《た》きしめてあった。

異国風に趣向を凝らした向島の寮とは異なっている。

「長崎へ、商いでいかれるそうですね」

市兵衛は、鄙《ひな》びた伝統を継ぐ商家の趣きのある佇《たたず》まいを見廻した。

「オランダや支那の薬を仕入れるために三年前、長崎へ旅をいたしました」

「そこで津軽を仕入れられたのですか」

「ごくわずかに。あちこち手をつくしましたが、長崎でも満足いく量は仕入れられませんでした」

「石井さまは持病をお持ちだとか。柳屋さんが石井さまのお屋敷へ出入りなさっているのは、持病の薬を調剤なさり届けるためなのですか」

「お屋敷の薬につきまして、全般のご用を務めさせていただいております」

「石井さまは、どのような持病なので」

稲左衛門はそんな問いは困りますな、と言わんばかりに笑った。

「それは、石井さまに直にお訊ねになってくださいませ。ただ、わたしどもは江戸に店を構えます前は川越城下で商いをいたしておりました。石井さまとはそのころからご懇意《こんい》にしていただいております」

「こちらに店を構えられたのは十五年前でしたね。それ以前となると石井さまは二十代前半、もしくは……」

「十代のころからのお付き合いでございます。石井家の知行地が飯能《はんのう》や狭山《さやま》に散らばってておりまして、そちらをご視察の折りに川越でお遊びになられ、それ以来、ご用を受けたまわっております」

「持病が起こって、津軽を石井さまに手立てなさったのですか」

「……ははは、石井さまは若いころから癇《かん》のお強い繊細な気質で、薬を手立てするのも難しいお方でございました。石井さまの場合、病は気からという部分もあり、津軽をお分けすれば済むというものではございません」

障子に差していた日が陰り、風が当たってきた、かたり、ことり、と鳴った。

「中山どのの絵梨というお内儀とも、お知り合いだったのですか」

「いえ。まったく存じあげません。中山さまのお内儀は店にこられたことも、向島の寮に見えられたこともございません。だいたい、お内儀が絵梨というお名前と知ったのも、高松さまとの心中があってからでございますので」

稲左衛門は、どのような経緯であれ死者へは弔意を払うかのように、張りのある声を低く響かせた。

ふとそのとき、市兵衛は稲左衛門の広い肩幅を見て、昨日、市兵衛の前をいって寮に消えたあの商人ではないかという気がした。

二

その日、市兵衛は菅笠《すげがさ》をかぶっていた。

出かける折り安曇が渡した菅笠だった。

「今日は風が強おございますので、これをお使いなさいませ」

おそらく、夫の道久が使っていた物だろう。

市兵衛は、笠の縁を押さえて川風の強い両国橋を渡るとき、安曇に優しく守られているような暖かな気がした。

二ツ目之橋の中山数右衛門を再び訪ねたが、やはり丹波は戻っていなかった。

丹波に会えないことには事情がつかめない。

どこかの廓《くるわ》に居続けているのかもしれないが、その金にも限りがあるだろう。

形ばかりの夫婦だったとしても、妻が間夫と相対死をして面目を失った夫が世間から身を隠したくなる気持ちはわからないではなかったが。

市兵衛は本所から神田三河町へ戻り、宰領屋の矢藤太を訪ねた。

矢藤太は、市兵衛が京の公家に用心棒と家宰を兼ねて仕えていた十年前、島原《しまばら》の寂《さ》びれた廓で知り合った女衒《ぜげん》だった。

京近在の百姓娘や貧乏公家の娘らを島原へ周旋する生業《なりわい》で、市兵衛とは似た年ごろの世間に対して斜に構えたすね者の気質が、妙に面白い男だった。

その矢藤太が、市兵衛が公家の青侍をやめ、数年間、諸国を廻って江戸に戻った文政元年（一八一八）、神田三河町の宰領屋という請け人宿の主人に納まっていたのである。

矢藤太の話によれば、京見物にのぼっていた宰領屋の前の主人が矢藤太の何が気に入ったのか、出戻りだが江戸は神田生まれのちゃきちゃきの神田っ子の娘の婿にと請われ、江戸に下ってきたらしい。

どこまで本当の話か真偽のほどは知れないが、矢藤太が江戸言葉を身に付け、十歳年下の美人のかみさんがいて、宰領屋の主人に納まっているのは事実だった。

「うちの主な顧客はお旗本さ。市兵衛さんなら算盤ができるし、品格もあるから家宰の仕事で楽に稼げるぜ」

とおだてられ始めた渡り用人稼業だったが、言うほど楽には稼げなかった。

矢藤太は帳場格子から愛想よく声をかけ、

「どうだい、高松家はうまくやれそうかい。まあ、あがれよ」

と勧めるのを、市兵衛は「ここで……」と遠慮し、板敷へのあがり端にかけた。

そして、中山丹波という御家人のいき先を訊ねている経緯を語り、矢藤太に中山を捜してもらいたいと頼んだのだった。

「中山？　ってえと例の心中相手の女の亭主だな」

矢藤太は察しよく言葉を継ぎ、小癪《こしゃく》なにやにや笑いを浮かべた。

「亭主が屋敷に戻ってねえのかい。そいつは妙だ。小普請の貧乏御家人でも侍は侍だから、そうは留守にはできねえはずだ。わかった。面白そうだ。捜してみる。だが、ただで受けるというわけにはいかねえぜ」

「もちろんだ。京にいたころ、あんたに貸しがあったな。暮らしに困った公家の娘を紹介した手数料がまだだ。ひとりいくらで三人紹介したあれだ。それからあんたの後先を考えない金勘定の後始末、あの謝礼もまだもらってないし、ほかに……」

わかった、わかった――と矢藤太は顔をくしゃくしゃにして市兵衛を制した。

「ちぇ、相変わらず勘定が厳しいね。任しておきなよ。こちとら江戸っ子だ。友達のためにひと肌脱ぐのに、金なんか目じゃねえよ」

「京育ちの江戸っ子か？　それにしては宰領屋の手数料は高いぞ」

「よく言うよ。市兵衛さんには特別いい仕事口を廻してんだぜ」

高松家の半季三両の給金がいい仕事口かと苦笑しつつ、市兵衛は「じゃあ頼んだぞ」と、宰領屋を出た。

市兵衛は、風の中を鎌倉《かまくら》河岸へ出て竜閑《りゅうかん》橋を渡った。濠端を南へ取って一石橋を越え、四半刻（約三十分）後、京橋川に近い柳町の小路の木戸を潜ったあたりは、隣の角町と唱える炭町と並ぶ遊里だった。

小路に面して柳井宗秀《やないそうしゅう》の診療所の看板が見えた。

町医師・柳井宗秀も、やはり市兵衛が大坂で商家に寄寓していた折りに知己《ちき》を得た長崎帰りの蘭医だった。

市兵衛が大坂から京へ移ったころ宗秀も江戸に出て、以来、この柳町で医業を営んできた。

剃髪にせず、薄くなった総髪を束ねて細い髷を結い、ちょこんと頭に乗せた格好に人懐《なつ》っこい愛嬌がある。

まだ四十をすぎたばかりなのに、医術ひと筋に励んできた痩せた背中が丸い。

市兵衛は宗秀の診療部屋へ通された。

宗秀は皺《しわ》の多い顔をゆるめ、市兵衛の訪問を迎えた。

「久しぶりだな。どこか具合が悪いのかい」

宗秀は机に向いていた身体を市兵衛へ向けて言った。

壁に薬草の薬棚があり、並んで腑分けで有名になった人の腹腸《はらわた》を描いた大きな彩色の絵図が掲げてあった。

宗秀が肘をついた机の前に、明り取りの格子窓がある。

窓は狭い庭に面していて、庭を廻る柴垣の向こうに色茶屋の二階家が建っていて、赤い長襦袢《じゆばん》の女が出格子に手拭を干しているのが見えた。

風が吹きこむので、宗秀が窓の障子戸を閉めた。

「阿片？　唐木は阿片を知っておるのか」

宗秀は、市兵衛の話が阿片におよぶと目を見開いて訊きかえした。

「やはり先生は、ご存じでしたか」

「阿片ぐらい医師なら知っておるよ。その中山丹波とか申す御家人が、使っておったのだな」

「たぶん、今もどこかで使っているでしょう」

ふうむ、と宗秀はうなった。それから、

「少なくとも津軽、つまり阿片について言えば、その薬種問屋の柳屋稲左衛門が言うほど生やさしい薬ではないぞ。柳屋という薬種問屋は聞いたことはあるが、薬を仕入れたことはない。柳屋では阿片を扱っていたのか」

と、ひとり言を呟くみたいに言った。

「阿片はケシという草の汁を固めてそれを粉にして作る。確かに薬であることは間違いない。咳《せき》や痛みをやわらげ、心を鎮め、催眠の効き目も大きい。だがな、それは身体を麻痺《まひ》させることによって生じる効能なのだ」

「まひ、とは何ですか」

「人の身体には神経という筋が廻っておる。痛い痒《かゆ》い、熱い冷たい、などとわかるのもその神経という筋の働きがあるからだ。阿片はその筋を痺《しび》れさせ、働かなくさせる。筋を張り廻らせた身体が解き放たれ、とても楽になるのだ。夢見心地のようなそんな感じだ。ところが身体がそれに馴れると、薬なしでは済まなくなるのが阿片のやっかいなところなのだ」

「中山丹波は癖になったと、聞きました」

「癖になったと言うのは言葉の綾《あや》だ。阿片によって二つの変調が身体に顕《あら》われる。ひとつは阿片の効き目が消えたとき、身体が勝手にそれを求め、暑く感じたり寒く感じたり、強い動悸が起こり、吐き気がして手足がふるえ、あくび、くしゃみ、涎《よだれ》が出て涙が止まらなくなる。ひどくなると、幻《まぼろし》を見たりすることもあるらしい」

「柳屋は、癖になるのは酒も煙草も同じで、量の中正を損なわなければ癖になるほどのことはないとも言っておりました」

「程量《ていりょう》が違うのだ。酒が呑みたくなって、あるいは煙草が吸いたくなって身体にそのような変調をきたすことはない。阿片に身体が馴染んでしまった者は、阿片なしでは暮らしていけぬようになる」

「そのまま馴染み続けると、どうなるのですか」

「ぼろぼろになって身を滅ぼすと聞いておる。しかし、人の身体で試したことがないので定かなことは言えぬ。ただ、そのような変調で痛めつけられた身体が無事に生き長らえるとは、とうてい思えぬ。支那では阿片が多くの人に広まって、詳しい事情は知らぬが、世情が不穏になっておると聞いた」

市兵衛は、石井彦十郎が突然苦しみ出した様子を思い浮かべた。

石井彦十郎は十代のころから川越城下の柳屋稲左衛門の店へ出入りしていた。

持病、でか？

だとすれば、石井は今でも柳屋から持病の薬を調達しているのに違いない。

ときには石井自身が向島の寮へ遊びに寄った折りにだとしたら、高松道久も石井と向島の柳屋の寮へいき、中山丹波と顔見知りになったかもしれぬ。

「もうひとつは、どのような変調ですか？」

　市兵衛はさらに訊いた。

「一度に多量の阿片を使うと、毒当たりを起こし、息が困難になる。血の廻りが滞《とどこお》って身体の皮がどす黒い紫色に変貌し、苦しみながら死にいたるのだ」

「死にいたる……」

「阿片に馴染んだ者はより強い効き目を求めて、だんだん使う量が増え、混じり物の少ない薬を欲するようになる。だが程量を間違えると夢見心地が悪夢になる。長くはかからん。だから自ら命を絶つ手段に使えなくもない」

「わたしが用人を勧めます高松家の先代の道久は相対死という侍にあるまじき手段で自ら命を絶ちました。神田川に入水したのです。相対死をするにしても、侍らしくなぜ刀を使わなかったのかと、思うのです」

「侍なら侍らしく心中しろと、いうことか」

　宗秀は鼻先で笑った。

「自ら命を絶ったのではなく、殺されたのだとしたら……」

「心中に見せかけた殺しだと？」

「いや。ただ、先生の話をうかがっているうちに、今ふと、そういう気がしただけです。なんの証左もありません」

「確かに、入水というのは侍にしては女々《めめ》しい死に方だ」

宗秀は笑みを消して、物思わしげに腕を組んだ。

「高松道久の心中の相手は、中山丹波の内儀なのだな」

「そうです」

「中山丹波が癖になるほど使っていたなら、内儀は阿片を知らなかったとしても間違いなく何かの薬に気付いていただろう。阿片は、さまざまに変調が顕われるからな。内儀が使っていたとも考えられる。もしかしたら高松道久もな」

「癖になった者は、高価な阿片を手に入れるために大きな借金を抱えることも考えられるのですね」

「あり得る。薬を手に入れるために身代を潰すこともある」

市兵衛は黙りこんだ。

刻限は八ツ半（午後三時頃）になっていた。

庭の隣の色茶屋の二階から三味線の音色が流れてきた。明るいうちから客があがっているのだろう。女の艶めいた笑い声がまじっていた。

「唐木、ちょいと付き合え。会わせたいやつがいる。堅苦しいやつではない。どちらかと言えば灰汁《あく》の強い無頼派だ。以前、女郎に染《う》つされた病気を治してやった。唐木の知りたいことが聞けるかもしれれん。北町の廻り方だ」

宗秀は勢いよく立ちあがった。

そうか、この人は酒好きであったな。

市兵衛は宗秀を見あげ、上方で会ったころの二十代の医師の面影を思い浮かべた。

三

京橋で猪牙を雇い、大川へ出た。

永代橋《えいたいばし》を潜り油堀《あぶらぼり》川に架かる千鳥《ちどり》橋の河岸場で堀川町へあがり、堀端の煮売りの甘ったるい匂いがするくすんだ縄暖簾を潜った。

縄暖簾は飯屋だが、安酒も飲ませる。

小奇麗な小料理屋や料理茶屋ではなく、肴油やどことなくどぶ臭い臭いが漂う深川に似合った店だった。

狭い土間に醤油樽に渡した長板の卓が二台備えてある。

客は廻りの樽に腰かけて飲み食いする。

十二、三人も入れば樽の席はなくなるそんな狭い店に、客がひとりだった。

黒巻き羽織の背中を《喜楽《きらく》亭》と記した腰高障子の表戸へ向け、刀を杖代わりにつき、前垂れをつけた白髪頭の親爺と、丁丁、と卓を叩きつつ高笑いをあげていた。

町方役人の定服と、すぐにわかった。

傍らの卓には、徳利《とつくり》と盃《さかずき》、煮売りの白い皿が置いてある。

外はまだ明るく、振り向いた八の字眉に頬骨の高い渋面を染めた。

「鬼しぶの旦那、やってるね」

「よう、おらんだの先生か。今日は早仕舞いさ。先生も患者をほったらかして、もう一杯引っかけにきたのかい」

「鬼しぶの顔を見にきたのさ」

「おれの面《つら》を肴に酒を呑もうってえのか。銭を取るぜ」

「一回ただで治療してやるよ」

「やだやだ。医者のただくらい恐いものはねえぜ」

「おやじ、こっちにも熱燗を頼む。肴はいつもの煮物に漬物と浅草海苔《のり》だ」

宗秀と市兵衛は町方と向き合って樽にかけた。

町方は連れの市兵衛に興趣を示し、八の字眉の下の、疑り深そうに形がちぐはぐになった目を、にこりともせず向けていた。

年は四十前後、尖った顎に厚めの唇がいやに赤く、とき折り、舐める癖がある。

「この男は綽名《あだな》が鬼しぶ。渋井鬼三次という北町の廻り方だ。鬼しぶが市中取締りに現れれば、闇夜の鬼が渋い面をするそうだ。こっちは唐木市兵衛だ。さる旗本の用人奉公をしておる」

「用人ということは、先生が前に言ってた上方の算盤侍か」

渋井は人相書きでも書くような目付きで、市兵衛をまじまじと見た。

「唐木市兵衛と申します」

「にやついた商人面を思ってたが、存外いい面構えじゃねえか」

「だろう？　刀を振り廻すより算盤をはじいた方が世の中がわかると言う男だ。但し、算盤をはじいても金儲けは得意じゃない」

「金儲けが得意じゃねえ算盤侍かよ。つまらねえな」

渋井は市兵衛に無愛想な目を据えたまま、言った。

「金勘定で世の中を見れば、世の中が違って見えるってことなのさ」

宗秀は言い添えた。

「世の中、違って見えようが見えまいが、どっちだっていいじゃねえか。世の中なんて、見世物小屋のペルシャくんだりから連れてこられたラクダとおんなじさ」

と渋井はわけのわからないことを言い、酒で濡れた唇を舐めた。

親爺が熱燗の黒い徳利と煮物の皿を調理場から運んできた。

「おやじ、おれにも熱いのをもう一本だ。で、奉公先はどこらへんのお屋敷だい」

「裏神保小路の高松家に、三日前から勤めています」

宗秀は湯気の立つ熱燗を盃にそそぎ、旨そうに舐め始めた。

渋井は、ははあん、という顔付きでそんな宗秀を見た。

「裏神保小路高松家と言やあ、先月、主が御家人の女房と神田川で浮いてた旗本じゃねえのかい」

「そういうことだ。案外つまらなくはないだろう」

宗秀がにやにやとかえした。

「唐木、神田川であがったその心中死体を検視したのがこの鬼しぶだ」

「けど、あれは心中じゃねえよ。心中と見せかけた殺しだ」

「この男もそれを疑っておる。なぜ心中ではないと言えるのか、教えてくれ」

渋井が身を乗り出し、両肘を板についた。

「遺書はなかったが旗本と御家人の女房の持ち物が、きちんと揃えて新し橋の上に残してあった。二人の手が腰紐でしっかりと結えてあった。あたしら、死んでも離れませんとな。橋の上から手に手を取って神田川へどぼんさ」

「へい、どうぞ」

親爺が熱燗徳利を運んできて、渋井の前においた。

「ところが、二人は水を飲んでなかった。水脹れもしてねえ。そんな溺れ死にがあるもんか」

渋井が、ひひ……と白けた笑い声をあげた。

「つまり、どぼんする前に二人はくたばってたからだ。もうくたばってるのになんで心中する必要があるんだ」

渋井のそそいだ酒が盃からあふれた。

「二人の死体は、見た目はどんなふうだったんだ」

酒の雫をぽとぽと垂らしながら盃を口へ運んでいる渋井に、宗秀が訊いた。

「……苦しみ悶えた死に顔だった。けど、侍はかなり痛めつけられていたが、女は無傷だった。斬られた跡も首を締められた跡も残ってねえ。だから死に方がわからねえ。あの苦しんだ死に顔は何かの薬を盛られたんじゃねえかと思う」

宗秀が市兵衛に頷いた。

「なんの薬ですか」

と今度は市兵衛が訊いた。

「それもわからねえ」

「二人を殺した者の探索は、進んでるんですか」

「ぜんぜん……」

「おかしいな。高松家では主人の死が相対死ということで、もちろん葬儀も許されていないんですが」

「心中じゃなくて相対死かい。渡り用人はしても侍ですってか」

渋井は嫌味ったらしく言った。

「おかしいのはこっちさ。他人の女房と姦通して相対死をした旗本の家が、なぜ改易にならねえ。旧家だろうとなんだろうと、侍の面《つら》汚しじゃねえのかい。高松家は倅が家督を継いだそうだな。御家人の家もそのままお咎めがねえ。もっともこっちは小普請で潰し甲斐もないがな」

「もしかして、処置をくだした若年寄が相対死ではなく、殺されたと承知しているからですか」

旗本以下の武家は、若年寄の支配下である。

「算盤侍にしては察しがいいね。相手が旗本だろうと御家人の女房だろうと、町方で起こった殺しだ。当然調べるわさ。それが役目だからよ。ところが探索を始めたその日の夕方、榊原《さかきばら》のおっさんに呼ばれ、探索が打ち切りになった」

榊原のおっさんとは、北町奉行・榊原主計頭《かずえのかみ》忠之《ただゆき》のことだろう。

「旗本は管轄外だからってよ。女の方も御家人の女房だから手を出すな、後は目付が引き継ぐときやがった。てやんでい、馬鹿にしやがって」

渋井という男、相当すれている。

「唐木さんよ、この一件には裏があるぜ。おれの知る限り、目付も徒《かち》目付も、表立っては調べてる様子がねえんだ。だからよけいおかしい。これほどの一件を誰も調べねえなんて、かえって変じゃねえか」

「鬼しぶの旦那、あんた、阿片という薬を知ってるか」

宗秀が傍らからまた訊いた。

「なんだい、それ」

「やっぱり知らないか。津軽とも呼ばれておってな、ケシの草から……」

と宗秀は、阿片の性質を大雑把に説明した。

「津軽か。聞いたことがある。確か、眠り薬とも咳や痛み止めに効く高価で手に入れにくい薬と聞いたな。だが、津軽にそういう毒があるとは知らなかった」

「心中した女の亭主の中山丹波が、津軽、つまり阿片をだいぶ使ってたらしい。中山は本石町の薬種問屋の柳屋稲左衛門から手に入れていたそうだ」

「柳屋には向島の小梅村に寮があって、中山は以前から柳屋の客として寮に招かれたりしていました。中山の古い知人によれば、中山はその薬を買うためにたびたび寮へ通っていたようなのです」

市兵衛が言い添えた。

「なるほど。津軽という薬が、高松家の亭主と中山の女房の心中に関係があるんじゃねえかと、睨んだわけだな」

「中山は半月以上、本所の組屋敷へ戻っていません。ちょうど、神田川の相対死があった直後からです」

「心中に見せかけた殺しを知った中山は、己も消されることを恐れて身を隠した。そこには津軽が絡んだわけがある。面白い。あり得る」

渋井は廻り方の嗅覚を先走りさせ、市兵衛へ頷きかけた。

すると宗秀が、ぼそっと言った。

「さっきな、唐木に阿片の効き目を話していたとき、気になることを思い出した。今年の初めのことだ。鬼しぶにも話したが、覚えてないか」

「なんの話だ」

「柳町の女郎が二人、続けてぽっくり逝《い》った出来事があった。二人は違う廓《くるわ》の繋がりのない女郎だ。駆けつけたときは蒲団《ふとん》に寝かされて、すでに息絶えておった。痩せ衰えて苦しんだ死に顔だったが」

「病気持ちの女郎は、珍しいわけじゃねえよ」

「ふむ。ひとりは前夜に普段と変わりなく馴染み客を取り、明けて客が帰った後の暇なときに、自分の座敷で泡を吹いて倒れていたそうだ。もうひとりはふらふらと廓の路地をさ迷って、突然呻《うめ》きだして倒れたということだった。たまたま続いてぽっくりと逝ったただけだ。二人とも心の臓の麻痺だった」

「まひ、たあなんだい」

「早い話が心の臓が突然、働かなくなることだ。心の臓が働かなくなれば人は束の間も持たん。乱れた暮らしを長く続けておると、身体が弱り、そういうことが起こる場合がある。もともと心の臓が弱い者もおる。だから、無理を重ねたうえの病死と見立て、町役人にも報告した。わたしも病死を疑わなかった」

「女郎の持ち物や周辺を丹念に調べたら、ひょっとしたら、阿片が出たかもしれねえと言いてえんだな」

うむ、と宗秀は低くうなった。

「鬼しぶの旦那、ここ一、二年でいい。ぽっくりと逝った者や妙な病死をした者が見つかっちゃいないか。特に岡場所やら広小路の盛り場などでだ」

渋井の顔がいっそう渋顔になった。

「阿片は心地よくなるが、はしゃいだり喚いたりする薬ではないから、気が付いたら広まってるという顕われ方をするらしい。事によると、思いもよらぬ多量の阿片が江戸市中に出廻っているのかもしれん」

「しかし手に入る量が少なく、だから高価で庶民の手に届かなかったのでは」

市兵衛が訊くと、宗秀はおもむろに答えた。

「多量に出廻っているのなら、異国から入ったとしか、考えられん……」

柳屋は長崎でどれほどの阿片を手に入れたのだろうと、市兵衛は考えた。

そのとき渋井が持ちあげた盃をこつんとおき、また酒がこぼれた。

「心中した御家人の女房は、妙な病気持ちで、とき折り、二ツ目界隈でふらふらさ迷ってるのを、近所の住人に見られたりしてたそうだ」

渋井は市兵衛に、じろっと目を向けた。

「で、近所ではな、女房は病気の薬を手に入れるために、どっかの岡場所で女郎をして薬代を稼いでるって、噂が流れてた。貧乏御家人でも武家だから夜見世は出ねえが、昼見世だけだってな」

渋井の皮肉なぶつぶつとした物言いが、市兵衛を黙らせた。

「探索が打ち切りになったから、どこの岡場所かはつかんでねえ。けど、貧乏侍の女房や娘が女郎をやって稼ぐのは今どき珍しいこっちゃねえ」

武家のみすぼらしい暮らしが目に見えるようだ。

「向島の柳屋の寮だったな。訊きこみをしてみよう。くそっ。見てやがれ」

「奉行の探索打ち切りの命はいいのか」

「ふん。榊原のおっさんなんぞ目じゃねえ。榊原なんぞ、数年もたちゃあいなくなる。こちとら生まれも育ちも八丁堀、死ぬまで八丁堀なんだ」

渋井は盃を勢いよく持ちあげ、ぐいと呷《あお》った。

「おやじ、もう一本だ。先生と算盤侍の方にもな」

茜色の夕日が縄暖簾の影を映していた障子は、いつしか夜の闇に染まり、表の堀端で、野良犬が吠えていた。

市兵衛は鎌倉河岸で猪牙をおり、神田橋御門手前の三河町境の小路から西へ折れて錦小路《にしきこうじ》に出た。

四

五ツ半（午後九時）をすぎて四ツ（午後十時）が近くなっていた。

そのあたりは、表猿楽町《おもてさるがく》の通りまで、辻番の明りのない闇の道である。

西風が誘った冷たい雨が、ぽつぽつと菅笠に落ちていた。

北の夜空に、音もなく稲妻が走っていた。

酒はだいぶ呑んだが、己を見失うほどではない。

しっかりした足取りが、屋敷地の石ころ道に鳴っていた。

長い小路の果てに人影は見えなかった。

錦小路を辿り始めてすぐ、左手に長屋門の土塀が見えた。

市兵衛の身体が、ふわ、と土塀の陰に滑りこんだのは、北の空に稲妻が走り、さわさわと雨が音を立て始めた一瞬だった。

錦小路の市兵衛の後方に、黒い岩のような人影が現れていた。

岩影は菅笠をかぶっていて、のそりのそりと歩いてくる。

だが足取りは、ずんぐりした岩影にしては速やかだった。

長屋門の手前に差しかかった刹那《せつな》、岩影は立ちすくんだ。

「何者だ。名乗れ」

市兵衛の痩軀が一陣の風となって岩影の前に立ちはだかったからだ。

両者の間は一間半（約二・七メートル）となかった。

岩影は五尺七寸の市兵衛と較べると子供のように背の低い身体をさらに縮《ちぢ》め、地を這う獣を思わせる低い身構えを取った。

菅笠の下に岩影の顔は見えなかったものの、一間半とない間合いに危険を読み取ったことは確かだった。

鯉口《こいぐち》を先に切ったのは岩影の方だった。

岩影は間合いを取るため、摺《す》り足で慎重に後退った。

だが市兵衛の身体が風になびき、間合いを変えることを許さなかった。

窪《くぼ》んだ眼窩の奥で光る眼が歪んだ。

「昨日からつけていたな。笠を取れ」

その声が波動になって、岩影をすくませた。

岩影は黙っていた。言葉を一瞬失っていた。じりじりと間合いを開けているつもりだが、それを許さない市兵衛の動きが岩影の勘を狂わせた。

冷たい汗が流れた。

「くうっ」

岩影が呻き、びゅん、と闇が鳴った。

だが、岩影が刀を抜き終わる前に市兵衛の一閃《いっせん》が菅笠を跳ねあげていた。

夜空に舞った笠と一緒に市兵衛の痩軀が跳躍し、宙空で笠を真っ二つにしたまま斬り落とした。

鋼《はがね》がうなり、凄まじい膂力《りょりょく》が岩影の刀を打ち払った。

刀がはじき飛び、土塀にがつんと突き刺さる。

切っ先が岩影の顔面をひと突きにした。

岩影はかろうじて身体を反らせた。

切っ先がうなりをあげて迫ってくる。

必死に後退する引き足がもつれ、尻餅をついたそのときだ。

かあん、と鋼が響いた。

市兵衛の突きが、傍らから跳ねあげられたのだ。

もとより市兵衛は、その異様な相貌の男を斬るつもりはなかった。

だが、相手はひとりではなかった。

そこで市兵衛は初めて退り、間合いを開いた。

深網笠に着流しの侍が岩影との間へ入り、市兵衛に青眼《せいがん》で対した。

すかさず市兵衛は八双《はっそう》に構えた。

「こちらに害意はない。刀を引け」

深網笠の低い声が暗い小路に響いた。

「人をつけたのはそちら。刀を抜いたのもそちら。言う相手が間違っているだろう」

深網笠は青眼をおろし、脇へ引いた。

「人違いだ。許されよ」

立ちあがった岩影が刀を土塀から抜き、深網笠とともに市兵衛の動きに目を凝《こ》らしながら退ってゆく。

市兵衛が構えを消すと、二人は小路の闇の中へ、ざざ、とまぎれていった。

市兵衛は二人の影を目で追いながら刀を納め、足音が消えるのを待った。

錦小路にほど近い鎌倉河岸に、《薄墨《うすずみ》》と記した軒提灯《のきぢょうちん》が桐《きり》の小格子の引き戸を照らす小料理屋がある。

　その小料理屋・薄墨の敷石の土間からあがった四畳半に、銀鼠《ぎんねず》の袷を着流した年のころは五十かれこれの男と暗い盲縞《めくらじま》の羽織袴の男が、宗和膳《そうわぜん》を前に向き合って酒を呑んでいた。

　土間の客が引きあげると、女将の佐波《さなみ》は、店を閉じる刻限には少し早いが、軒に提げていた軒提灯を消した。

　客は座敷の二人だけになっていた。

　膳の間に角行燈《あんどん》が灯り、壁際の刀掛けには二人の刀がかけられ、深網笠と菅笠が壁に凭《もた》せかけてある。

　風が止み、代わりに半刻ほど前からぽつりぽつりと落ち始めた雨が、鎌倉河岸の堀端をさわさわと叩く音が聞こえていた。

　ごつい顎とごつごつした頰骨の間に獅子鼻《ししばな》がひしゃげている男が、窪んだ眼窩の底でぎょろりと光る目を、五十がらみの男へ向けて言った。

「まだ震えが治まりません。魂消《たまげ》ました」

　五十男は、哀愁のある思慮深さを刻んだ表情がほっとするような愛嬌に変わる苦笑を、異形の男にかえした。

「おかしゅうござるか。笑ろうてくだされ。心底これまでと、思いましたでな」

五十男はおかしさを堪えかねて歪む口元へ猪口を運んでいた。

「まさか、弥陀《みだ》ノ介《すけ》があれほど追いつめられるとは、思わなかった」

「面目ございません。己の未熟さを思い知らされました」

「おぬしが未熟なものか。あれは鍛練《たんれん》や修行を超えておる。あそこまでなるには、持って生まれた何かが必要なのだ。真似のできることではない」

弥陀ノ介が悔しそうに顔を歪めた。

「だがあの男、おぬしを斬る気はなかったぞ。青眼に構えたときにわかった。あの男、人を斬る気がまったくなかった。実はおれも内心、ほっとした」

五十男と弥陀ノ介が目を交え、破顔した。

「そう言えば不思議ですな。確かに恐ろしい剣ではござったが、あいつの最後の突きが、眉間を突く直前で止まるような気がしておりました。頭《かしら》にもそう感じ取らせる何かが、あいつの弱点かもしれません。うん、あの男、存外、甘い」

弥陀ノ介の読みに、頭と言われた男はいっそう高笑した。

「さすがは弥陀ノ介、もうあの男の弱点を読んだか」

「こっちがやられたのに、今夜の頭は嬉しそうでございますな」

「そう見えるか。ふむ……」

と頭は猪口を旨そうに呷《あお》った。

「どちらにしてもあの唐木市兵衛という男、この一件に深いかかわりがないことは間違いない。思った通り、素朴に高松家の用人勤めを果たそうとしておる。それだけだ。われらになんの疑いも抱かず、誰だと知りたがっていた」

「そうでございましたな。妙にまっすぐ訊ねるものだから、それがしもかえって戸惑いました」

弥陀ノ介はそう言って、一間半の間合いで相対した唐木市兵衛の立ち姿を思い出し、武者震いをした。

「しかし、ああいう素朴な男は扱いにくい。何も知らぬままわれらの動きをまぜっかえして、しかもあの腕だ、やっかいな相手になるかもしれませんぞ」

「そうだな。と言って、あの男は己の役目を果たしておるだけだからな。一度、腹を割って話してみる必要がありそうだ」

「唐木市兵衛という男、信用できますかな」

ふん？――と頭は宙に泳がせた笑みを弥陀ノ介へ移した。

「あれほどの使い手だ。信用できるさ」

頭があっさり言ったので、弥陀ノ介は訝《いぶか》しく思った。

用心深い、いつもの頭らしくないと思った。

昨日からそうだ。唐木市兵衛に対しては普段の頭とどこか違う。

何か含むことがあるのか。

「しつれい、いたします。開けますよ」

襖の外で女将の佐波のやわらかい声がし、襖が開いた。

新しい客はもう入っておらず、店土間は静かだった。

京の嵯峨野《さがの》を描いた目隠しの衝立《ついたて》から、女将がにこやかに新しい銚子と京風の汁物の椀を盆に載せて現れた。

ふくよかな身体へ照柿に江戸小紋を白く抜いた小袖が粋だった。

四十に手が届いても、娘のころの若やいだ色香を相応の艶に彩って残している。

脂粉の香りと美しい微笑が、頭と弥陀ノ介の無粋なやり取りをなだめた。

薄墨は、女将の佐波と六十をすぎ未《いま》だ矍鑠《かくしやく》として調理場に立つ料理人の父親・静《せい》観《かん》の二人で営んでいる京風の小料理屋である。

京から下ってきた静観が、鎌倉河岸で薄墨を構えて二十数年がたつ。

ある日、十人目付・片岡信正《かたおかのぶまさ》が薄墨の客になり、信正は静観の娘の美しい佐波を見初めた。

当時信正は二十九歳、佐波は十六歳だった。

信正は佐波と懇《ねんご》ろになった。

信正はなぜか妻を娶《めと》っておらず、片岡家の家督が取り沙汰されたころだった。

だが、それからも信正は、妻を娶らなかった。

信正に佐波以外に妻を娶る意志はなく、佐波もこれでいいと思い定めていた。

そして、信正と佐波の間に二十数年のときが流れたのだった。

四十になった佐波が、

「あなた、どうぞ」

と酌をし、それを「うむ……」と淡々《たんたん》と受ける十人目付・片岡信正は、寛《くつろ》いだ機嫌のいい風情で猪口を運んでいる。

片岡信正の指揮下にある小人目付・返《かえり》弥陀ノ介は、そんな頭のどこかいつもと違う様子をうかがいながら、芳醇な下り酒をちびりちびり舐めた。

五

その同じ刻限、向島小梅村の薬種問屋・柳屋稲左衛門の寮では、二組の客を迎えて、管弦はないけれども艶めいた宴が催されていた。

宴の催されている座敷は、唐風趣味の母屋から渡り廊下で結ばれ、孟宗の竹林に隠れた離れだった。

降り出した雨が、竹林をしめやかに鳴らしていた。

寮の調理場では、今夜のためだけに雇われた日本橋の料理人や仲居が、忙《せわ》しげに立ち働いている。

しかし、料理人や仲居が渡り廊下を渡ることはなかった。

山海の珍味を集めた料理や灘《なだ》の下り酒、葡萄から造った赤い南蛮の酒、遠くシベリアの大地を越えて運ばれてきた透明なロシアの酒など、客の接待をする役目は、主人の稲左衛門と寮を預かる宗七《そうしち》という初老の男が務めていた。

客のひとりは寄合旗本・石井彦十郎、今ひとりは、若年寄配下にある五人の天文方のひとり、平沢角之進《ひらさわかくのしん》という役人だった。

と言って、離れ座敷が無粋な男たちばかりかと言うと決してそうではない。

座敷の次の間との襖《ふすま》が取り払われ、次の間に敷きつめたきらびやかなペルシャ絨毯に、膝を乱した三人の妖艶な若い女がしな垂れ合っていた。

女たちはいずれも若衆髷を結い、特別に誂《あつら》えたすずしの衣ひとつをまとっているだけの、奇妙な装いだった。

一枚の薄絹の下に、白いなまやかな肌も、たわわな乳房も、か黒い下草もが、十数台の紙燭に明々と照らされ露わな女たちは、支那より渡ってきた吸い口と雁首《がんくび》が七宝《しっぽう》の一本の長い煙管を三人の間にゆるやかに廻しながら、嫣然《えんぜん》と吸っていた。

立ちのぼる白い煙が、刻み煙草の香りとは異なる嗅いだことのない不思議な匂いを座敷にまいていた。

女たちは見られていることを知らぬかのように、互いの白く長い手足をもつれ合わせ、戯れじゃれ合い、うっとりとした表情を宙に遊ばせていた。

脇息《きょうそく》に凭《もた》れかかっていた石井彦十郎が薄ら笑いを隣の平沢角之進に投げ、

「いかがでござる。こういう趣向は」

と、朱塗りの提子を平沢の盃に差した。

「う、うん、夢の、ような……」

平沢はペルシャ絨毯の色模様に幻惑され、女たちの白々とした姿態へ目が釘付けになっていた。

女たちは先ほどまで、若衆髷に黒羽二重の小袖に仙台袴《せんだいばかま》の装いで、脂粉の香《か》を漂わせながら、平沢の盃に酌をしていたのだった。

なんという淫《みだ》らな……と平沢は言おうとしていた。

「お気に召す者がおれば、お教えくだされ。伽《とぎ》をいたさせますぞ。お望みなら、三人まとめてでも、よろしゅうござる」

石井は赤い唇を平沢の耳に寄せてささやいた。

平沢は代々天文方を仰せつかった扶持米二百俵の役人である。父から継いだ天文方をお役目大事と四十すぎのその年まで営々と勤め、屋敷には妻子がおり、遊びなど知らず、面白いことなど何もない暮らしだった。

それに引き換え、石井は無役の寄合とはいえ四千石の大家、三十半ばの若さでこの遊び馴れた様子はなんとしたことか。

四千石の身分になれば、御用達というだけで高が薬種問屋から、このような豪勢な振る舞いを受けられるのか。

なんと羨ましい、と平沢はひたすらかしずく稲左衛門と使用人の宗七を見渡し、ぼんやりとした頭で思うのだった。

「平沢さま、今宵はまだまだ面白い趣向を凝らしておりますぞ」

稲左衛門が柔和な眼差しを平沢に向け、言った。

「いや。わしはもう戻らねばならん。今宵《こよい》は堪能した」

平沢は無邪気に手を振った。

「何を仰います。お戻りのことはご心配あそばしますな。誰に見咎《とが》められることもなく、気が付けばお屋敷に戻っているように手配いたしております。あちらの女どもも、平沢さまのご指名を、今か今かと待っておりますよ」

「よいではないか平沢どの。堅苦しいことを申されるな。遊ぶときは徹底して遊びお役目には誠心誠意つくすのが、侍の務めでござろう」

石井が平沢の肩に扇子をおいた。

「宴はこれから本番、ささ、おすごしくだされ」

「柳屋、平沢どのに土産でも、ないのか」

「おお、これは失念いたしておりました。ございますとも。これ宗七、平沢さまにお土産をお持ちしなさい」

言われた宗七がかしこまって、袱紗《ふくさ》を敷いた菓子箱のような桐の箱を捧げて平沢の前へ「何卒《なにとぞ》……」と差し出した。

「粗末な物でございますが、今宵のお近づきの印にお納めくださいませ」

桐の蓋に《川越名物》とだけ筆で記してある。

石井の薄ら笑いが平沢に絡み付いてきた。

平沢は蓋を取った。

白い伊予紙に包んだ二十五両小判が上下に九つ並んでいた。

「なんと、羨ましい。平沢どののご人徳でござるな。わたしのような無役の身には平沢どののような人徳とは無縁だ。天文方という学芸に秀でたお役目ならでは、でござるな」

石井が横で白々しく言った。

稲左衛門の柔和《にゅうわ》な笑みが、平沢の気持ちを挫《くじ》いた。

「粗末な物でございますが、次にお見えいただいた折りには、またご用意させていただきますよ」

眩暈《めまい》を覚えた。

これだけでわが家の日々の暮らしの、何年分にあたるのだろう。このような付け届けとは無縁の勤めだった。

このおれが……と信じられない思いだった。

次の間の女たちの淫らな姿態を見ながら、平沢は途切れ途切れに言った。

「お見せするだけで、よろしい、のですな」

稲左衛門が、こくりと、大きく頷いた。

「お察しいただき、ありがとうございます」

「伊能図《いのうず》は、ご公儀の厳しいご禁制の地図だ。われら天文方とて……」

「すべてとは申しません。三つの伊能図のうち三枚からなる小図だけでよろしいのでございます。平沢さまのおよろしいときに、七夜お預けいただければ写しを取らせていただきます。場所はこの寮で。口の固い絵師たちを集めます」

平沢は、夢の中にいながら夢からわずかに醒めていた。

伊能図、とは伊能忠敬《ただたか》とその弟子らが十七年に亘《わた》って国中を測量踏破《とうは》し、この七月、弟子たちによって完成を見た《大日本沿海輿地全図《だいにほんえんかいよちぜんず》》のことである。

これまでの絵地図や道中図などとは比較にならない、大日本の国土の形が見渡せる驚くべき地図、との評判だけが江戸中を駆け廻っている。

「平沢さまにご迷惑をかけるようなことは、決していたしません」

稲左衛門が言い、平沢は思った。

三年前亡くなった伊能という老人と、伊能の意志を受け継いだ弟子たちが、十七年の歳月を費やして作りあげた三つの《大日本沿海輿地全図》は、海防に腐心する公儀を狂喜させ伊能の手柄を称《たた》えぬ者はない。

それに引き換え、このおれはどうだ。

親から継いだ天文方を二十数年勤め、なんの手柄もない。

そして間違いなく、これからもないだろう。

どだいおれと伊能などという男とは、人の出来が違うのだ。

「平沢さま、わたしどもは商人でございます。大日本すべてに商いの手を広げるのが夢でございます。わが大日本がどのような国であるのかがわかれば、商人の夢がかなうかもしれないのです。他意はございません」

稲左衛門の言葉が、平沢を夢の中へ引き戻した。

「商いが広がり儲けが増えれば、ご公儀へ献上いたします冥加金なども増えることになります。決して、ご政道のご損になるものではございません」

「伊能図が難しい場合、蝦夷《えぞ》の海と樺太《からふと》沿海の略図を描いた画布がある。それなら持ち出すことができるかもしれんが……」

平沢は、どのように持ち出すかを思い描きつつ言った。

柳屋稲左衛門は、カピタン・グラゾフの銀色の髯面《ひげづら》を思い浮かべた。

海獣が吠えるような帆船の索縄や帆柱の軋む音を思い出した。

「カピタン言ってる。イノウズ、三つの種類ある。大きいの、中ぐらいの、小さいの。どれかひとつでいい。チズ、手に入れたら、皇帝陛下・アレクサンドルに献上する。あなたをヨーロッパで一番美しい都、ペテルスブルグへ招待する、陛下に謁見《えっけん》も許される、言ってる」

通詞《つうじ》の唐人が、身振り手振りを交えてそう言っていた。

越後の海にくるあの帆船は、三年前、長崎の出島で見たオランダ商船よりも小型で船内の拵えも劣悪だが、それでも江戸と大坂を結ぶ廻船よりも大きく、力強い。

そして何よりも、あの船のカピタンは恐れを知らぬ冒険心としたたかな商魂にあふれている。あの異国の男は、われらに指図し付け届けを求めるだけの公儀役人よりはるかに商いを知っている。

あの男となら公儀の目を潜り抜け、危険を冒《おか》して商いをしても損得勘定が合う。

そう見こんで始めた取り引きだった。

しかし稲左衛門には、カピタンの要求に応えるのは、あまりに危険が大きすぎることも容易に察しがついた。

ただ「手にあまる」とは言わなかった。

「公儀天文方の高官を抱きこまねばなりません。金も時もかかりましょうな」

あの夜、稲左衛門は、そう言った。

北の海なら、伊能図の代わりになるかもしれない。

伊能図であろうとなかろうと、取り引きが成立すればいいのだ。

稲左衛門は、この依頼が平沢の力量に負えるものかどうかを、見極めねばならなかった。

慎重に事を運ぶ必要があった。

「この船、これから上海へいく。冬になる前に、オホーツクへ帰る。今からきっかり四十五日後と四十六日後、この海にいる。そのどちらか、いつもの合図、欲しい。そのとき、ブツ、二倍、三倍、もっと用意できる」

通詞の言った日が迫っていた。

伊能図は、後の機会でもいい。

今度の取り引きではカピタン・グラゾフは落胆するだろうが、蝦夷の海と樺太沿海の略図でも十分土産にはなるはずだ。

石井彦十郎と多《た》町の長治《ちょうじ》の浅知恵のために、やっかいな事態が持ちあがっているときでもある。

公儀目付は間違いなく、この一件を探っているはずだ。

こんなときに無理をすれば、身の破滅を招きかねなかった。

今日きたあの唐木市兵衛という男、何も知らないふうに装っていたが、もしかしたらあの男も目付が放った密偵かもしれぬ。

稲左衛門は錯綜する思いを素早く廻らせながら、作り物の柔和な笑みを崩さず、あどけない酔眼の平沢角之進へゆっくり大きく頷いて見せた。

第四章　血と涙

一

夕べからの雨が翌朝の昼前まで残った。

唐木市兵衛は、朝から高松道久が残した日記に再び目を通していた。

番方小十人衆の勤め、職場での人付き合い、付き合いで使った金の額や目的、周辺に起こった出来事、人から聞いた話や噂、心に残った言葉、思いついたことなど、言わば、道久のわたくし事の毎日が簡潔に書き連ねてある。

これだけ几帳《きちょう》面な道久なのだから、たとえ人目を忍んでいたとしても、どこかに中山絵梨をうかがわせる女の影や、借金を作る理由の手がかりが見つかってもよさそうなものだがと、市兵衛は一字一句を追っていた。

だがやはり、日記からは何も出てこなかった。

昨日、医師の柳井宗秀と話しているときに根拠もなく兆した、道久は相対死ではなく殺されたのではないかという疑念は、鬼しぶの言葉によって裏付けられた。

間違いない――市兵衛は確信していた。

一方で、石井彦十郎が言った、家の者にも見せていない女や金にだらしないもうひとつの道久の顔がある。

道久が女や借金のことで人の恨みを買っていたとしても、おかしくはない。人は見かけによらぬ。

だがそれなら、筆まめで几帳面な道久が日記にそれを臭わせる記述を何も残していないのがかえって変だ。

昼がすぎ、濡れ縁の先の中庭に薄日が差し出した。

午後、私塾から帰ってきた頼之の日課である素読の声が聞こえてきた。

やがて木刀の素振りを始めるだろう。

父親譲りの、几帳面な性格がうかがえた。

「そうか……」

市兵衛は、ふと、逆の方向から考えた。

道久は几帳面な性格ゆえにこそ記述しなかった。

だとしたら？

市兵衛は日記を繰った。引っかかっていたことがあったからだ。

三ヵ月ほど前のある日付のところで目が止まった。

引っかかっていたのは、三ヵ月前、四日ほど日付のなかったところだった。

両国広小路のラクダの話題をした八月十一日まで日記を繰った。

道久と絵梨が神田川に浮いていたのが八月十四日の朝で、十二日と十三日の記述がない。何をしていた。

日記に書き留めるほどのことがなかったのか。

違う。

わたくし事を書く余裕がないくらいの、大事がありすぎたからだ。

その大事は道久の死にもかかわっていて、書かなかったのではなく、

《書いてはならなかった》

そう考えた方が筋が通る。

市兵衛は日記を携えて安曇の居室へいった。

安曇は、市兵衛が朱を入れた家計の支払い帳の不明金について、わかる限りの明細を書き出しているところだった。

一生懸命な様子が、少し火照《ほて》った顔に顕われていた。

安曇は支払い帳から市兵衛に目を移した。

「道久と春五郎が仕切っておりましたから、知らないことが多すぎます」

「おわかりになる限りで結構なのです。わからなければ仕方ありません。これから先のことを考えましょう」

「大原から聞きました。石井さまから借金の返済方法の案を立てるように言われたそうですね。石井さまは、わたくしにはいつでも都合のつくときでいいと仰ったのに……」

「それも、追々考えます。お悩みになりませんように」

市兵衛は、安曇に微笑んだ。

昨日の報告は、今朝、済ませた。

廻り方の渋井鬼三次に会い、道久の相対死は表に顕われていることのほかに、見えていない事情が隠れている場合も考えられるものの、今はまだ憶測でしかなく、

「わかり次第、お知らせします」

と報告し、錦小路で二人の見知らぬ侍と刃を交わした一件は伏せておいた。

津軽という薬のことについては、安曇にはまったく知識がなく、むろん道久と薬のかかわりも承知していなかった。

「さっそくですが」

と、市兵衛は道久の日記を安曇の膝の前に開いた。

そのとき頼之が中庭で素振りを始めたかけ声が、聞こえてきた。

えい、えい、えい……

「道久さまの日記を拝見いたし、気が付いたことがあります」

市兵衛は、三ヵ月前の六月の初め、丸四日、日記の記述が途切れている日数がある理由を訊ねた。

「筆まめな道久さまには珍しいことです。記述がない日があってもせいぜい一日、日記を見る限り年に数日です。それがここだけ、四日も続けて記述がありません」

安曇は日記を手に取って、その前後を読んだ。

「これは、急なお役目を授かって遠出をした日です」

「遠出、旅に出られたのですね。どちらへ、どなたといかれたのですか」

「仕事だからと申しまして……何も聞いておりません」

「お金は?」

「緊急なお役目だったらしく、仕度金が出ているので必要ないと」

「わたくし事の日記に、公の仕事の内容を書かないのはわかります。ですが、仕事中でも、飯どき、休憩どきがあるはずですし、宿や旅先での出来事なども、仕事とはかかわりないことが少しはあってもいいように思うのですが」

「お上のよほど大事なご用と思い、帰ってきてからも訊ねませんでした」

ほかにもあった。

石井彦十郎とたびたび出かけていたと聞いた、その記述が極めて少なかった。

石井との仲は、友人付き合いだろう。

中山丹波の内儀とのかかわりは、日記に残すことさえはばかったという迷いはわかるとしても、石井との付き合いにそのようなはばかりが働く謂われがない。

さらに、柳屋稲左衛門の向島の寮を石井とともに訪ね、稲左衛門と面識があったはずのそれも、道久は書いていなかった。

やはり、はばかることが道久にはあったのか。

あるいは稲左衛門との面識が、日記に書き留めるほどではなかったからか。

「そう言えば、変ですね」

と、安曇の答えは要領を得なかった。

「ならば、道久さまの組頭にお訊ねしてみます」

「あの、組頭は白川佳済《しらかわよしずみ》さまですが、今、お城におあがりになっておいでいでしょうから、初めての唐木さんがいかれてもお目にかかれないかもしれません」

「そうでしょうな。何か方法がありませんか」

「ご下城の刻限を待たれて、大原とお屋敷をお訪ねになるのがよろしいかと……」

「六月のこの四日間のことをお訊ねするだけなのですが。ご用の向きは話せないと言われればそれで終わりですし……」

「では、わたくしがお訊ねになりたいことを書状に認めます。頼之が名乗ってご門番に託《ことづ》ければ、白川さまのご返事がいただけるかもしれません」

頼之の素振りの声が聞こえていた。

「白川さまは頼之の名付け親で、可愛がっていただいておりましたし、この度の頼之の家督相続でも、白川さまにいろいろお力添えをいただきました」

「いってみましょう。駄目ならご下城の刻限を待ちます」

市兵衛が磊落《らいらく》に言うと、安曇は素早く廊下へ出て頼之を呼んだ。

二

安曇は頼之に裃《かみしも》を着けさせ、言った。

「お城にゆくのですから、身形《みなり》を整えなければなりません」

そして、

「臆《おく》してはなりませんよ。あなたは高松家の当主なのです……」

と、格式を重んずる武家の心得をあげ、頼之を送り出した。

内桜田《うちさくらだ》御門の門番は、頼之が健気な口調で名乗り、小さな子供ながら裃の正装に供侍を連れている旗本主従にわけありと思ったのか、

「しばし待たれよ」

と、安曇の書状を受け取った。

しばらくして、頼之と市兵衛が桜田の下馬で待っているところへ、継裃に白髪の白川佳済が桜田の櫓《やぐら》を背に橋を渡ってきた。

「頼之。母者の書状は読んだ。何か心配事でもあるのか」

白川は、頼之の後ろに控え片膝をついている市兵衛へ目配りを送りつつ言った。

頼之は大人びた振る舞いで、このようなお役目中の訪問を詫びた。

そのうえで市兵衛を紹介した。

「そうか。唐木市兵衛どのと申されるか。高松家は台所事情においても今が難しい事態であるのは知れておる。用人の宰領次第でやりくりが違ってくる。よろしく助けてやってくれ」

白川は渡りの市兵衛を軽んずる様子もなく、丁寧な物言いだった。

「畏れ入ります。誠意をつくして務める所存でございます」

「頼之も母をしっかり守って、番方にあがる日まで、励めよ」

頼之は「はい」と、沈んだ返事をした。

「ところで書状によれば、お訊ねの儀は六月の道久の遠出のことであったな」

白川は市兵衛に向いた。

「覚えておる。確か、四日ばかりの遠出であった」

「さようです」

「ゆっくりしておられぬので、単刀直入に申す。あの遠出は組のお役目ではなかった。だから道久がどういう務めでどこへいったのか、わたしも承知しておらん」

「道久さまは組の仕事以外の務めを、しておられたということですか」

「そうだ。上役から命があった。目付の方の仕事だ。協力するように言われたが、内容は知らされていない」

「道久さまは、ずっとその務めについておられたのですか」

「はっきりせんのだ。ただ、目付からだと思うが、とき折り呼び出しがあって、どこかへ出かけていた。命があったので、われらも詮索しなかった」

するとと頼之が言った。

「お目付は、どちらさまでございましょうか」

「すまんが、それはわたしの口からは申しあげられん。どうやら、隠密の務めらしいのでな。だがわれらは、そなたの父があのような死に方をする侍ではなかったと信じておる」

と白川は、慰《なぐさ》めるような口調で頼之に言った。

頼之は白川に深々と頭をさげた。

裃をつけた頼之の小さな背中は、沈黙を守ったまま濠端を歩んだ。

朝の雨があがり、晩秋の雲の間から日が差したり陰ったりしていた。

白川の言葉に、市兵衛の疑念が少なからずかき立てられ、疑念は確信へと変わりつつあった。

道久の情痴に溺れた相対死にも、五十両の借用手形にも、誰かが仕組んだ意図がまざまざと見えてくる。

道久の裏の姿が、あたかも女にだらしなく、ふしだらな暮らしに溺《おぼ》れ、所詮は相対死をはかるような、それしきの侍にすぎぬと取りつくろうために。

借用手形に裏判を捺した石井彦十郎が仕組んだのか？

けれどもあの男、ひどく脆弱《ぜいじゃく》で粗漏《そろう》な気質に思えてならない。

あの男に、何ができるだろう。

柳屋稲左衛門の、豪農の主を思わせる沈静な応対を思い浮かべた。

だが稲左衛門は、津軽を扱っている一介《いっかい》の薬種問屋だ。

中山丹波が薬を介して稲左衛門とかかわりがあったとしても、それが道久の死や借金に繋がる謂われはなかった。

稲左衛門にはそれを仕組む理由がないのだ。

柳屋稲左衛門も石井彦十郎も、中山丹波も中山絵梨も、そして津軽も、何もかもが意味もなく偶然繋がっていたにすぎない。

道久は何のご用についていたのだろう。

なぜ道久は、日記に結局は何も書き残さなかったのだろう。

「唐木どの、お願いがあるのです」

半蔵門の方角へ向かう途中の濠端の道で、頼之が不意に立ち止まった。

「なんでしょうか」

「神田川の、父が死んだ場所を見たいのです。連れていってくれませんか」

市兵衛は微笑んだ。

「辛《つら》くは、ありませんか」

「辛いのは家にいても同じです。だから、見ておきたいのです」

「遠いですぞ」

「平気です」

頼之は再び濠端を歩き出していた。


半刻後、市兵衛と頼之は新し橋から浅草御門へ向かう柳原堤に立っていた。

柳原通りには小屋掛けの古着屋が連なり、人通りで賑わっていた。

「このあたりです。おりてみますか」

二人は雁木をくだり、葦《よし》の生えた汀《みぎわ》に佇《たたず》んだ。

薪を積んだ荷足船《にたり》が波を立てて漕ぎのぼっていった。

頼之は川面をじっと睨んでいた。

何も言わず、訊ねもせず、ただ、父の死を受けとめようと幼い心の中で懸命に格闘している健気さが、うかがえた。

けれども、八歳の少年には重すぎる荷物であることは市兵衛にはわかる。

「頼之さま、団子でも食っていきましょう。砂糖蜜をつけたよもぎ団子は存外いけますぞ」

市兵衛は、汀を去りかねている頼之の気持ちを慮《おもんぱか》って言った。

柳原堤には《お休処》の幟旗《のぼりばた》をはためかせた出茶屋も小屋掛けを連ね、茶汲み女の呼び声が昼さがりの風情を醸《かも》していた。

頼之は黙って従った。

二人は葦簾《よしず》を立てた出茶屋の、緋毛氈《ひもうせん》を敷いた長腰かけを占めた。

長腰かけの一方にかけている祖母らしき年配の女と十四、五歳の町娘が、小さな身体に袢姿の愛くるしい頼之へにこやかな会釈を寄越し、頼之を照れさせた。

竃《かまど》にかけた茶釜が湯気を立て、香ばしい匂いがしていた。

茶汲み女に頼んだ香煎湯とよもぎ団子が運ばれてきた。

頼之は黙々と団子を食べ始め、市兵衛も無理に話しかけなかった。

頼之を巻きこんだ粗忽《そこつ》さをいささか悔みながら、市兵衛は堤を散策する人通りを葦簾越しに眺めていた。

と、市兵衛の持った茶碗が、ちん、と小さな音を立てた。

緋毛氈に小豆《あずき》がひと粒、転がった。

頼之は気付かず、袴を汚さないように皿を持って団子に気を取られている。

隣の長腰かけに盲縞の羽織の背中があった。

肩の肉が盛りあがっていた。刀を肩に抱いている。侍らしい。

だが、敵意が伝わってこない。

市兵衛は勘違いかと思い、茶碗を口に運んだ。

ちん、とまた音がした。

頼之が気付いて手を止め、丸い目をして市兵衛を見あげた。

明らかに、小豆のひと粒が盲縞の羽織の方から飛ばされ、市兵衛の茶碗に当たったからである。

「心配にはおよびません。しかし気を付けてください」

市兵衛は声を落として言った。

茶碗を持ったまま、左手で傍らの刀をそっとつかんだ。
すると、盲縞の盛りあがった肩が小刻みに震えた。
男が猪首《いくび》を窮屈そうに廻した。
骨張った顎に、ごつごつした頬とひしゃげた獅子鼻が見えた。
窪んだ眼窩の底でぎょろりとした目が市兵衛へ、「ははあ……」と笑いかけた。
夜目にもその異形の相貌は忘れない。昨夜の錦小路の男だ。
頼之が市兵衛に寄り添った。
市兵衛は周囲に目を配った。
がたん、と長腰かけを男が立ちあがった。
その異形の相貌が出茶屋の客たちの視線を集めた。
背丈は頼之よりいくらか大きいぐらいの短軀だった。
市兵衛から目を離さず、不気味に顔を歪めている。
男は長腰かけをのたりのたりと廻り、市兵衛の前へ座り直した。
「昨夜は、しつれいした」
頼之をじろりと睨んで、
「高松家の跡継ぎか」

と、いきなり低くくぐもった声を響かせた。

市兵衛に寄り添った頼之の身体が震えた。

祖母と町娘の二人連れが、心配そうに様子をうかがっている。

「今日はわが主の供だ。昨日のような容赦はせんぞ」

「恐いことを申すな。おぬしに害意はない。務めを果たしているまでよ」

男は身体付きにしては長すぎる刀を右脇へ引いた。

確かに、昨夜の緊張はまったく感じられない。

「おれのことを、知っているのか」

「おぬしのことは知らなかった。だから後をつけた。しかし、高松家の跡継ぎは知っておる。頼之どのであろう。高松道久どのは、言わばおれの朋輩《ほうばい》のような方だった」

男は獣が獲物を見つけたかのような目付きを市兵衛に投げた。

「返弥陀ノ介だ。唐木市兵衛だな。悪いが調べさせてもらった」

「昨夜のもうひとりの男は人違いと言っていた。にもかかわらず、また何の用だ」

「人違いというのは別の意味だ。頭がおぬしに会いたいそうだ。きてくれ。わけを話す。心配いたすな。頼之どのは客として、丁重にお迎えいたす」

「頼之さま、よろしゅうございますか」

頼之は、小刻みに震えるように頷いた。

三

公儀十人目付・片岡信正の千五百石の屋敷は、麴《こうじ》町大横町から赤坂御門へ辿る諏《す》訪《わ》坂の途中に長屋門を構えている。

その十数畳ある広い客座敷に通され、家士が茶菓を運んできて一礼してさがった。

弥陀ノ介は、いつの間にか姿を消していた。

緊張した頼之は、何度も深い呼吸を繰りかえしていた。

十人目付は若年寄の耳目となり、旗本以下の武家を監察する公儀の高官である。

中でも、片岡家は目付衆筆頭支配の家柄で、旗本御家人なら片岡の名前を聞いただけでも身が縮む。

頼之も初めてだろう。緊張するのも無理はなかった。

やがて、廊下の襖が音もなく開かれ、渋茶の着流しに袖なし羽織の寛いだ様子の信正が現れた。

後ろに弥陀ノ介が従って、脇へ控えた。

信正は畳に手をつき低頭した頼之と市兵衛を交互に見て、それから言った。

「頼之どの、手をあげられよ。片岡信正だ」

「申し遅れました。高松頼之でございます。本日はお招きに預り、恐悦至極《きようえつしごく》に存じます。よろしく、お見知りおきを、お願いいたします」

懸命にたどたどしく言う頼之の声が、座敷に甲高く響き渡った。

「ご丁寧なご挨拶、いたみ入る。頼之どの、頭をあげてくれ」

信正が穏《おだ》やかに微笑みかけ、言った。

頼之は頭をあげられない。

「頼之さま、直られませ」

控えている市兵衛が傍らからそっとささやいた。

頼之は市兵衛に言われ、はっと気付いて背筋を伸ばした。

その仕種がおかしくて、弥陀ノ介が薄気味の悪い顔をほころばせた。

「ふむ。道久どのに似ておる。いい面構えだ。よき旗本になるだろう。頼之どのはいくつになられた」

「八歳に、相なりました」

「八歳か。八歳でそれほどしっかりしておるなら、大丈夫だ」

信正は頼之の傍らに控え、頭をあげない市兵衛を見た。そして、

「両名とも突然のことで驚いたであろうが、両名に話しておかなければならぬいきがかりにいたってな。まず……」

と、頼之へ視線を戻した。

「この度の道久どのの一件は、誠に遺憾に堪えない。本来ならばわれらが高松家に赴き、ご遺族に悔やみを申すのが筋であるけれども、申しわけないが、今はまだその時期ではないのだ」

頼之はかしこまり、信正との間の畳にじっと目を落としていた。

「ただこれだけは言える。頼之どのは父の死をまったく恥《は》じる必要はない。道久どのは旗本として立派に役目を果たされ、その役目半ばで無念の落命にいたった。決して相対死ではない」

信正の強い言葉に頼之は驚きの顔をあげた。

信正は表情をやわらげ、ゆっくり頷いた。

それから信正は、ふと思い立った顔付きになった。

「才蔵《さいぞう》」

「はっ」

市兵衛が応えた。

弥陀ノ介が、「あぁ?」という表情で、市兵衛を見た。

「久しぶりのわが家は、どうだ」

「古う、なりました」

「そうだな。十三歳の小童《こわっぱ》が走り廻っていたときの面影は、もうないのだ」

「兄上も、二十代の若き目付でございましたのに」

「わたしも古うなったよ」

信正がそう言って、からからと笑った。

弥陀ノ介は、ぽかんとしていた。

信正と市兵衛のやり取りが、きちんと飲みこめないふうである。

「わたしのことは、いつわかった」

「返どのに諏訪坂まで連れてこられたとき、昨夜の兄上にやっと気付きました」

「昨夜は肝を冷やしたぞ。剣はどこで修行した」

「南都興福寺《なんとこうふく》で、十八まですごしました」

「昔、上方に風の市兵衛という風の剣を使う若い侍がいる噂を耳にしたことがある。おまえのことだと思っておった。風の剣とは、どういう剣だ」

「戯《ざ》れ言です。風の剣など、ありません。激しく強く斬れば斬るほど激しく強い風に打たれます。また、風は斬っても斬れません。だから己が風とともに動けば風に打たれぬし、斬られはせぬと。若いころ、そんな剣を極めようとしたことがあります。しかし風の剣とは、所詮、言葉の綾です。心得、と言ったほどのものです」

「風の剣の弱点はどこにある」

「言葉の綾で申せば、風はいつ、どこで吹き、どこへ吹いてゆくのか、本人にもわからぬところでしょうか」

　信正と市兵衛は声を揃《そろ》えて笑った。

「その後は……」

「大坂で商いと米作りと酒作りの修業をいたしました」

「剣はやめたのか」

「ただひたすら強おなる。剣にそれ以上の意味を見出せなかっただけです。意味のないことを人は長くは続けられない、それを剣の修行で学びました」

「商いと米作りと酒作りに、意味を見出せたのか」

「己が算盤をはじいて稼ぎを手にしたとき、己が耕《たがや》した土地に実った白い米を食ったとき、己が醸し手をかけた酒を呑んだとき、己が世間に生きてあることの喜びを知りました。その喜びを言葉にすると、生きる意味になりました」

「わが家では、その意味が学べなかったのか」

「この家で父上とともにすごした十三年は幸せな日々でした。ときは永遠にこのまま続くように思っておりました。しかし、父上が死んだとき、わたしはそれを失いました。この家を出たのは、失ったものを探すためでした」

それから市兵衛は、京にのぼり、商い経営の腕を活かし家宰として貧乏公家に仕える青侍になった。

公家の家宰勤めの傍ら、酒、博打、女郎買い、の放蕩の味を覚え、腕っ節の強さに任せてやくざ相手に喧嘩もやった。

あやうく命を落としかけたこともあったが、京の俠客の親分が市兵衛の度胸を称えて、殺されずに済んだ。

三十近くなって、諸国を廻る旅に出た。

「国中を廻りました。旅先で稼ぎながらです。金を稼ぐのは、剣の腕よりも算盤の方がずっと役に立ちました。三年前、江戸に戻り、三河町の宰領屋・矢藤太の口入れにより武家を渡り、主に半季の用人勤めで口に糊しております」

「なぜ家に戻ってこなかった」

「わたしは片岡才蔵ではなく、片岡家足軽の祖父・唐木忠左衛門《ちゅうざえもん》の血を引く唐木市兵衛でございますので」

「ふふん。忠左衛門は上方へいったおまえの噂をよくしておったぞ。亡くなる前、わたしの手を握っておまえのことを頼むと言った。実はな、親父どのも病床で言われたんだ。才蔵を頼むとな」

信正の目が赤く潤んだ。

頼之は、驚きの顔を市兵衛へ振り向けていた。

弥陀ノ介は窪んだ眼窩の底のぎょろ目を、ぱちくりさせている。

「親父どのは、今のおまえを見たら何と言われるかな」

「あの父上なら、そうか、まあいいだろう、と笑って言うでしょう」

「そうだな。親父どのはおまえには甘い父親だった」

信正は潤んだ目を午後の日のあたる障子へ遊ばせた。

「市枝、母上は何と言われるかな」

「わたしは母上を知りません」

「ふむ。おまえは母親・市枝を知らんのだな。みんないなくなった」

それから信正は、すぎ去った日々へ思いを廻らせるかのように沈黙した。

弥陀ノ介はようやく合点がいったふうに、市兵衛をじろりと見た。

障子越しに庭で鵯《ひよどり》が、ぴいぴいと鳴いていた。

「いきがかりをお聞かせください。頼之さまも、このたびの一件の真相をお知りになりたいと思っておられます」

市兵衛は沈黙を破った。

「うん、そうであった。弥陀ノ介、もうわかったろう。市兵衛はわたしの弟だ。二十四年前この家を出て、今日やっと戻ってきた」

信正は市兵衛に言った。

「この男は小人目付の返弥陀ノ介だ。剣は市兵衛におよばんが、腕は一流だ。わたしの右腕として、長く働いておる。弥陀ノ介、おぬしから話せ」

「御意《ぎょい》」

と弥陀ノ介が受け、頼之と市兵衛へ膝を向けた。

市兵衛と弥陀ノ介の交わした眼差しが火花を散らした。

「事の始まりは、二年半ほど前でござった」

弥陀ノ介は語り始めた。

四

日本橋のある商家の娘が、心の臓の突然の停止で亡くなった。

嫁入り前の病気ひとつしたことのない、少し遊び好きで男の噂が絶えないのが近所では《玉に瑕《きず》》と評判の娘だった。

両親の嘆きは言うまでもなかったが、ただ両親は娘の不可解な死を訝《いぶか》しく思った。

娘は心の臓の病《やまい》ではなく、身体の毒になる薬を口にしたからではないかと疑った。

と言うのも、娘は心地よい催眠と心を鎮めるのに効き目のある薬を、掛かり付けの漢方の医師より買い求めており、それを煙管で煙草のように吸っているのを両親は何度か見ていたからだった。

両親は町奉行所へ娘の死んだわけを「お調べ願います」と訴え出た。

奉行所は医師を呼び出し、娘が吸引していた薬のことを訊ねた。

「仰せの通り、頭が痛い、咳が止まらず眠れぬ、と訴えてまいりましたので、津軽という薬を分け与えました。ですが津軽は、高価で入手できる量もわずかであり、何度も吸えるほどは、分け与えたくともないのでございます」

と医師は言った。

「多量に一度に用いれば、どのような良薬でも弊害がございます。津軽につきましてはまったくそのようなことはなく、もし心の臓の停止が薬のせいであったとすれば、わたしどもの知らぬ別の薬によるものでございましょう」

奉行所は、娘がどこでどのような薬を手に入れていたのかを調べたが、結局、わからないまま調べは立ち消えになった。

二ヵ月後、外神田の御家人の若い部屋住みが、心の臓の突然の停止で急死した。

一件は病により死亡と組頭に届けられ、町奉行所も監察の目付、徒目付も部屋住みの死を怪しまなかった。

その四ヵ月後、今度は番町の旗本の奥方が上野池之端の出合茶屋で、やはり心の臓が突然停止し急死した。

旗本の奥方と池之端の出合茶屋で会っていたのは、堺《さかい》町の役者だった。

町奉行所の調べで、役者は贔屓《ひいき》の客から手に入れた津軽という痛み止めを奥方に煙管で吸わせたら、奥方の容態が急に悪くなったと白状した。

五手掛《ごてが》かりの評定日の折り、町奉行は間夫《まぶ》の役者の津軽の話と、半年前、やはり急死した日本橋の商家の娘が津軽を医師に与えられていたことから、津軽という薬に死因の疑いがかかった経緯を披瀝《ひれき》した。

するとと評定に立ち合っていた目付が、四ヵ月前、急死した御家人の部屋住みが岡場所の女郎から津軽を手に入れ使っていたらしい噂を思い出し、

「念のため、津軽という薬を調べてみましょう」

ということになった。

その調べに当たったのが片岡信正だった。

初めは隠密の調べではなかった。

津軽はご禁制の薬ではなかったし、市中には殆ど出廻っておらず、一部の薬種問屋が長崎出島《でじま》のオランダ人や唐人屋敷の唐人からわずかな量を仕入れる痛み止め咳止めの高価な薬、という認識しか持っていなかったからだ。

ところが、向柳原医学館の医師から津軽を支那では阿片と言い、薬としての効能のほかに人体にもたらす奇妙な変調を教えられ、津軽、つまり阿片という薬と人の急死との因果に初めて疑いを持った。

調べを進めると、先の三名と似た急死をした者が数ヵ所の岡場所の女郎を中心に少なからずおり、死んだ女郎はみな、どこかから手に入れた心持ちがよくなる津軽という薬を煙草のように煙管で吸っていたと、仲間の女郎らが話した。

信正は、津軽が江戸市中の岡場所に広がっている模様に驚いた。

そこで女郎らの話をもとに薬の入手先を辿っていくうち、長治という店頭《たながしら》が差配する神田多町の岡場所が浮かびあがった。

信正は長治を評定所へ呼び取り調べた。

長治は、奥州から行商にきた薬屋から買い求め、それを欲しがる廓の客に分け与えたと認めた。

ただ、己が入手した量はわずかでしかも高価であること、だから江戸市中に広まるとは思えない、また、鎮痛、鎮静、催眠の効果が優れた津軽が、そのような危ない薬とはまったく知らなかったと述べた。

長治に特段に不審なところはなかったし、津軽を痛み止め咳止めに扱う町医者もいるのは事実だった。

長崎から仕入れる薬種問屋がいるものの、いずれにしても高価な津軽は、わずかな量しか出廻っていないはずだった。

にもかかわらず、江戸市中で少なからず死人は出ている。

結局、津軽が原因と言える証拠は見つからなかった。

調べはそこで停滞し、一年がたった。

しかし――と、弥陀ノ介は語調を改めた。

「去年の冬、それがしが使う手先の諜者から差し口がござった」

諜者は神田多町の廓で働く《若い者》だった。

「神田、日本橋、京橋方面の岡場所で多量の薬が売り買いされており、女郎が客との床入りの際に使うのが流行っているというものでござってな……」

店頭の長治が、女郎や廓の客や出入りの業者らに薬を密かに売り捌《さば》き、大きな金が動いているという差し口だった。

長治は日本橋本石町の薬種問屋・柳屋稲左衛門から薬を入手しているという。

ただ、入手先は本石町の柳屋の江戸店ではなく、向島の柳屋の寮と言われていた。

と言うのも、柳屋には武州川越城下にも店があり、川越店で仕入れた薬を新河岸川の舟運で花川戸、そこから向島の寮に運び入れているからだった。

なぜそのような手間をかけるかというと、仕入れる量があまりに多いためらしいという噂がささやかれていた。

諸国は言うまでもなく、長崎でも仕入れるのが難しいと言われるくらいの量で、柳屋はそのことで公儀に目を付けられるのを恐れている、という噂だった。

そしてある物語が、密かに語られていた。

柳屋はその薬を越後の海にやってくるロシア船から買い付けている。

主人の稲左衛門自らが毎年越後へ出かけ、ロシア商人から仕入れた大量の薬を三国《みくに》峠《とうげ》を越えて川越店へ運び、さらに向島の寮へ搬入する。

それを多町の店頭の長治が、末端の客の求めに応じて柳屋からもらい受け、さらに長治の子分や地廻りらが江戸中の遊里へ届け、目立たぬように売り捌くという、取り引きの道筋についてだった。

抜け荷、密貿易である。

信正は衝撃を受けた。

一年前に調べた津軽、つまり阿片により人が急死したか否かの一件の背後に、抜け荷の疑惑が潜んでいたとは思いもよらぬことだった。

老中・松平伊豆守信明《まつだいらいずのかみのぶあき》により、再び片岡信正とその配下が津軽の絡んだこの抜け荷の探索に当たる役目を仰せ付けられた。

「抜け荷は天下のご法度。しかしながら、隠密に始末をつけよ」

と、老中は厳に命じた。

異国との接触は、幕府は常に厳罰と隠密に徹した。

信正は早速、越後と長崎へ配下を差し向け、ロシア船の動向を探らせた。

ロシア船は元文《げんぶん》（一七三六〜四一）のころ、陸奥《むつ》や安房《あわ》、伊豆沖に出没している。それから安永《あんえい》七年（一七七八）、寛政《かんせい》四年（一七九二）、寛政九年、文化《ぶんか》元年（一八〇四）、さらに文化八年にも沿海や長崎に現れて通商交易を求め、その都度拒《こば》むもの の、ときには蝦夷地で荒々しく振る舞うやっかいな北の彼方の異国であった。

越後の配下から、三、四年ほど前よりロシア船らしき船影が、柏崎沖でたびたび認められている、という報告が届いた。

そして長崎に遣わした配下からは、ロマノフ家皇帝アレクサンドルのロシアが、南進政策の一環として、オホーツクより蝦夷をへて、南蕃へいたる海路の開拓をうかがっているという報告がもたらされた。

そのため、江戸幕府の内情を探り諸国の海路に当たる海岸を調べるため、ロシア帆船が沿海をしきりに回遊し、上陸する機会をうかがっていると思われる、と知らせにはあった。

これらのロシアの情勢と、江戸市中への薬の広がり、薬のせいと思われる死人が続出したこと、柳屋が手を染めた抜け荷の噂の立った時期がほぼ重なっていた。

柳屋の向島の寮が建てられたのは、三年前だった。

柳屋稲左衛門への疑惑が深まった。

ロシア船は異国の多量の薬を柳屋にもたらし、柳屋は交換に公儀の内情をロシアに提供したのではあるまいか、と重役らは推量し震撼《しんかん》した。

となれば、ご公儀内に柳屋と結託し公儀の内情を売っている者がいるに違いないと、信正ら目付衆は睨んだ。

寄合席の四千石の旗本・石井彦十郎の存在が浮かんだのはそのときだった。

石井彦十郎と柳屋稲左衛門は、柳屋が江戸本石町に店を構える以前の川越城下江戸町で薬種問屋を営んでいたときからの結び付きである。

柳屋は石井家御用達《ごようたし》の薬種問屋であり、石井彦十郎は柳屋の向島の寮にも頻繁に出入りしている。

十五年前、柳屋が江戸店を構えるに当たって、石井彦十郎は問屋株入手の後ろ盾にもなっていた。

石井の顔と柳屋の資力が働けば、公儀の内情を握る高官との接触は十分可能だ。

しかし証拠はない。噂に基づいた憶測でしかなかった。

石井彦十郎を隠密裡に探る必要があった。

「つまり、高松道久さま、だったのですね」

市兵衛が言い、信正が頷いた。

「高松どのと石井は子供のころの遊び仲間で、気心の知れた間柄であった。成人してから交わりは途切れていたが、子供のころの誼《よしみ》を通じ接触が計りやすい。しかもご公儀への忠誠、能力において、高松どのは打って付けの人物でござったでな」

弥陀ノ介が言い添えた。

高松道久は信正の命に隠密に従い、石井彦十郎に近付いた。

石井を通して柳屋稲左衛門と面識ができ、向島の寮にも出入りするほどになった。

六月の初め、道久は飯能、狭山から川越へ廻って、石井彦十郎と柳屋稲左衛門の結び付きや、抜け荷の薬が柳屋の川越店に運びこまれる次の時期と量を密かに探る隠密の旅をした。

「高松どのは、八月の下旬ごろ、およそ五十斤から百斤の薬が川越店に入荷するらしいと探り出した。また、抜け荷相手のロシア船のカピタンがぐらぞふということまでつかんでこられた」

道久が身を挺《てい》して果たしていた危険な役目が偲《しの》ばれた。

「薬が入荷する同時期に石井と柳屋を川越と江戸で捕縛する手順を立て、決行する日時と売り渡されたご公儀内情のつめの探索をしていた矢先でござった」

八月十二日、十三日と道久の消息が途絶え、八月十四日の朝、神田川に浮いていた道久と中山丹波の内儀・絵梨が見つかったのである。

「これが事の経緯だ。無念だが、密偵が露顕し道久どのは石井らに殺害されたと思われる。抜け荷の探索も出直しになった。何としても石井らを捕らえ、道久どのの無念を晴らさねば、われらとて申しわけが立たん。市兵衛、その腕を、借りることになるかもしれん」

と、信正が言った。

市兵衛の脳裡に、偶然の錯綜《さくそう》の中から人と物が順序立って動き始める様がありありと見えた。

五

夕刻になっていた。

九段《くだん》坂をくだる頼之の裃の背中に夕日が差していた。

遅くなった。母親の安曇は心配しているだろう。

小さな背中は、心なしか戸惑い、ふさいでいるかに見えた。

「唐木どの、お父上はどのような方だったのですか」

頼之は足を止め、市兵衛が並びかけるのを待った。

そして、市兵衛と父と子のように並んで歩き始めた。

「片岡賢斎《けんさい》という名です。目付十人衆の筆頭支配でした。わたしは父が四十二歳のときの倅です」

坂道から見おろす江戸の町は日没前の茜色に燃えていた。

坂道をいき交う人の姿も茜色である。

「片岡信正さまの、父上でもいらっしゃるのですね」

「はい。兄とわたしは十五、年が離れております」

「なぜ片岡家を出られたのか、先ほどの話ではよくわからなかった」

「母は、片岡家に仕えていた足軽の唐木忠左衛門の娘で、市枝と申しました。わたしを産んで亡くなったのです。ですからわたしは母を知りません」

頼之は市兵衛を憐《あわ》れむように見あげた。

「父は、母のいないわたしをきっと不憫《ふびん》に思ったのでしょう。わたしは、父の深い愛しみに守られ、育てられたのです。十三のとき父が亡くなり、片岡家を出る決心をしました」

「どうしてそんな決心をしたのですか。何か理由があったのですか」

「理由はあったとも言えますし、なかったとも言えます。言葉にするのは難しい。人には己の進むべき道、いるべき場所があって、父の死によって、それを感じたのだと思います」

「いるべき場所は、片岡家ではなかったのですか」

「わかりません。ですが、わたしは十三歳なりに、そうしなければならないと思ったのです。なぜ、と考える力はまだありませんでした。そうしなければならないからそうする。それだけでした」

「そうしなければ、ならないから……」

　頼之はぽつぽつと繰りかえした。

「祖父の唐木忠左衛門に頼んで元服をし、唐木市兵衛と名乗りました。兄の信正にも黙って片岡家を出たのです」

　夜明け前の江戸を去った朝を、市兵衛は忘れてはいなかった。

腰には祖父・忠左衛門から譲られた名もなき二本を帯びていた。

その二本は、今も市兵衛の腰にある。

白い息が市兵衛のたぎる思いを駆り立てるように躍っていた。

まだ伸びきらない背丈と肉の薄い身体に冬の朝の寒さは厳しく、孤独が繰りかえす波となって押し寄せたが、市兵衛の意志は挫《くじ》けなかった。

「頼之さま、たぶん人には、そう思うときがあるのでしょう。その思いに動かされて進む者もいれば、生まれた身分や境遇を守って生きる者もいます。どちらも人の生きる道です」

「わたしにも、そう思うときがくるのでしょうか」

「きっと、きます。そのときがきたら、侍はいかにあるべきか、そう己に問いなされ。自ずと、生きる道が見えてくるでしょう」

頼之はじっと前を向いて歩みを続けていた。

その横顔は考え深げで、母親の安曇に似て美しく澄み、静かだった。

同じ茜色の夕空が、手入れのいき届いた庭を囲う土塀の向こうに、日の名残をとどめていた。

片岡信正は縁廊下に佇み、夕空を漫《そぞ》ろに眺めていた。

弥陀ノ介が傍らに着座し、信正を見守っている。

信正の横顔は穏やかで、清々しげであり、そしてどこか寂しげでもあった。

「才蔵の母親は市枝と言ってな。美しい女だった。九つ年上で、人を恋しいと胸を焦《こ》がした初めての相手だった。元服が済んだら父に話すつもりだった。市枝を妻にしたいとな」

信正は、弥陀ノ介が何も訊かぬのに話し始め、そうして話し続けていた。

「だが市枝は父に望まれ、父の側室になった。それからは、子供心にも苦しい日々だったよ。父の側室になってから、市枝はますます美しく眩《まぶ》しくなってな」

「頭《かしら》の憧れの人だったのですな」

「憧れ以上だ。三年がたって、市枝は才蔵を産んで死んだのだ。今だから笑って言えるが、人知れず泣いた。おれの恋慕はそのとき終わったのだ」

「その体験が、頭を大人にしたのでございましょう」

信正は、からから……と笑った。

「才蔵は市枝の面影を残した玉のような赤ん坊だった。それが逆にいまいましくてならなかった。おまえが生まれなければ市枝は死ななかった、などと筋の通らぬ理屈をつけてだ。市枝を奪った父を恨むならまだしも、生まれた子を憎んで、市枝が生きておれば困った顔をするであろうと思い描いて、ほくそ笑んでおった」

「それは、市兵衛どのも困りましたろう」

「ところが才蔵は、なぜかおれになついてな。おれなどより優しい弟や妹がおるのに、何かあるとおれの側にきて、後をよちよちとついてくるのだよ。厳しく叱ったりすると悲しい顔をしてな。それが堪らなく可愛らしくて、そうするとまた憎らしくなるのだ」

「頭も、難しい年ごろでございましたな」

「己自身、おれの阿呆《あほう》さに呆れておるよ」

二人の笑い声が庭先へはじけた。

「ただ、才蔵は驚くべき力を授かっていた子だった。幼子から童子、少年に育つに従ってその力が本人が気付かぬまま表に出てくるのがわかるのだ。内心、舌を巻いたのを忘れはせん」

「ほう、どのような」

「たとえば、才蔵が先ほどの頼之と同じ七、八歳、おれは二十歳を幾つか廻り、父に従って目付の役目に就き始めていたころだ。そのころ馬を駆って気晴らしするのが楽しみで、休みになると平河《ひらかわ》町の馬場でひと鞭当てて汗をかいておった」

「今でもまれになさいますな」

「ふむ。それに才蔵がついて走るのだよ。まるで馬と競うように、小さな身体を躍動させるのが楽しくて堪らないというふうにな。危ないからよせとたしなめても、競争でござるなどと、無邪気に言うのだ」

　信正はその様を思い浮かべてか、顔を呆然と外に投げた。

「馬術の修練をしておるほかの士らも、初めは危なげに見ておったのが、だんだん感心し始めてな。たまに才蔵が見えないと、あの天馬のごとき弟どのが今日は見えませんな、と訊ねるくらいになった。おれは、仕方のない弟でと答えながら、実は才蔵の馬と競うほどの強靭さを自慢に思っていた」

「それは大したものです」

「まだあるぞ。物覚えが抜群によかった。父が四、五歳の才蔵に四書の素読をさせた。すると才蔵は読み方のみならず四書をたちまち諳《そら》んじてしまった」

「諳んじるのですか」

「そうだ。四書では物足りず、もっと別な本はございませんかと、意味もわからぬのにせがんだそうだ。で、五経を読むと五経も同じだ。まるで空の大きな桶に言葉を水のようにざぶざぶとそそぎこんでいる感じだと、父が魂消《たまげ》ておった。この子の頭はどうなっておるのだと、逆に心配したくらいだった」

「そんな市兵衛どのを、頭は憎まれたのですね。市枝さまゆえに……」

　信正はすぐには答えず、考えた。それから言った。

「父が亡くなり、しばらくして才蔵はこの家を去った。おれはすでに家督を継いでおったが、実のところ、才蔵がいなくなってほっとしたんだ。あまりにも秀でた者が身近におると、疎《うと》ましくなり、憎らしくなり、恐ろしくなる」

信正は暮れてゆく空を仰いだ。

「人は愚かだ。失って初めて、それが己にかけがえのない物だったことに気付くのだ。失った物は二度と取り戻せん」

「すぎ去った若き日々のように」

「弥陀ノ介は悟っておるな」

「拙者には、語るべき妻も子も過去もありませんでな。せめて悟りを開くぐらいしか……」

信正と弥陀ノ介はまた顔を合わせ、笑った。

塀の外を振り売りの声が通りすぎた。

秋の夕闇が、江戸の町に迫っていた。

第五章　陰　間

一

　あれから唐木市兵衛は考えていた。

　わずか百石の高松家に降りかかった悲しみの背後に、平凡な旗本一家の思惑をはるかに越えた、巧妙なからくりが隠れていたことをだ。

　そのからくりが、賢愚、善悪を越えて、道久と絵梨という女の命を奪い、高松家の、そしておそらくは中山家のささやかな運命を脅かした。

　しかもからくりの鍵をにぎるのが、阿片という薬だった。

　越後の海の彼方の遠い異国からもたらされた阿片が、間違いなく江戸市中に蔓延《まんえん》している。

　そして、人の命を塵芥《ちりあくた》のように消し去っていく。

　もはや事は、ひとりの旗本の死、御家人の妻の死、何ほどの借金、妖しげな薬の埒《らち》を越えて、ご政道に歯向かう者とそれを守ろうとする者との苛烈な、燃えたぎり火花を散らす激突の緊張を孕《はら》みつつあった。

　市兵衛が兄・片岡信正と会ってから、半月あまりがすぎていた。

　片岡家で聞かされた、道久が隠密に抜け荷の探索に当たっていた事情や、市兵衛の身の上は市兵衛と頼之だけの秘密である。

　市兵衛はその後も弥陀ノ介とは数回顔を会わせ、探索の進展を訊ねた。

　弥陀ノ介によれば、柳屋の向島の寮にも石井彦十郎にも不穏な動きは見られず、五、六日前から寮に絵師や彩色の職人が入り、天井絵を新たに描いているらしいというのが、唯一の変わった動きだった。

　道久の死により武州川越方面からの知らせは途絶え、道久が川越店を調べた道筋もわからぬままだったし、中山丹波の行方はなおも知れなかった。

　弥陀ノ介は市兵衛が、道久の命を奪った者を探り出すため、中山丹波の潜伏先を探っていることを気にかけており、

「石井や柳屋の罪が明らかとなり、一味を捕えれば自《おの》ずと知れるわさ」

と小憎らしい冷徹さと辛抱強さで、石井と柳屋の動向に目を光らせる一方、

「変わったことがあれば必ず、頭に知らせるのだぞ。私情にかられて、ゆめゆめ先走った行動を取るでないぞ」

などと、市兵衛に釘を刺すのを忘れなかった。

「たとえ半季の勤めであれ、主は主だ。おれはわが主のために、なすべきことをなすまでだ」

と応えるものの、市兵衛は家宰の役目も勤めねばならなかった。

その半月あまりの間、家禄百石の家計の収支の兼ね合いを維持するため、出入りの商人に自ら値下げや付けの支払いの引き延ばしを交渉し、日々の節約を進め、飯田町の両替商へ赴いて銀相場や銭相場への目配りを怠《おこた》らなかった。

また朝から日暮れまで指先が痺れるほど算盤をはじいて何日かをすごし、ようやくささやかなやりくり算段を着けたりもした。

さらに市兵衛はその間、高松家の家計の助けになるひとつの話をまとめていた。

高松家の知行地がある所澤村の近辺では、農閑に女たちがくず繭《まゆ》を利用して素朴で精巧な紬《つむぎ》の絣《かすり》を自家用に織っており、知行地を預かる名主からは季節ごとに高松家へもその紬絣が献上されていた。

市兵衛は、まだ自家用でしかないその紬絣の出来栄えに感心して充分商いになると目を付けた。

出入りの呉服問屋と村名主の双方へ話を持ちかけると、機織物が自家用に止まらず売り物になるなら知行地の百姓は大いに喜ぶし、近在の百姓からも集められると村名主の返事がある一方で、呉服問屋の方は、

「これだけの品をこの値段で卸してくれるなら、ぜひうちで専売を」

と乗り気を示し、話は十日ほどの間にとんとん拍子に進んだのだった。

数日前、江戸へ出てきた知行地の名主と呉服屋が高松家の客座敷に顔を揃え、主・頼之と後見に安曇、大原の立ち会いの元、市兵衛の口利きで話がまとまった。

そして、口利き料が商い毎《ごと》に高松家に入る仕組みが決まったのである。

安曇と大原は、知行地の百姓の副収入になり、出入りの商人の商売になり、そのうえ高松家にも謝礼が入る仕組みを作った市兵衛の才覚に、まるで魔術にかかったように目をぱちくりさせ、成りゆきを見守っているばかりだった。

安曇はその翌日、算盤の手ほどきを市兵衛に自ら願い出た。

家計の支払い帳を改め、わけのわからない数の羅列に眩暈《めまい》を覚えていた安曇は、

「はしたない事かもしれませんけれど」

と、恥じらいつつもひた向きだった。

「知行地を経営する武家の奥方の、身に付けるべきたしなみとお考えなされ」

市兵衛が言い、安曇は頼之が私塾へいく朝の一刻だけ算盤をこっそり習った。

大原や清助おきね夫婦には知れたが、頼之には隠しておくようにと照れているさまが、滑稽《こっけい》でもあり、可愛らしくもあった。

そうしてともかくも半月あまりがすぎていた。

半月の間、目には見えない何かが、密やかに、確実に動いて、やがて何かが起こる、という予感が市兵衛の胸の奥にわだかまっていながら、ただ、世情は一見、平穏を保ち、江戸は晩秋のさ中にあったそんな日だった。


その朝、市兵衛は安曇に算盤の手ほどきをした。

安曇は熱心で、わずか数日のうちに加減を覚えた。

「そうそう。なかなか上達がお早い」

市兵衛が褒《ほ》めると、安曇は童女のような初々しい笑みをこぼした。

その日は、いつもより早く頼之が私塾から帰ってきたので、

「本日はこれまでにて……」

と安曇は慌てて言い、そそくさと算盤と諸道具を仕舞った。

「はい。心得ております」

市兵衛は居室を後にし帳簿調べに取りかかる間もなく、昼になった。

宰領屋の矢藤太の使いで留蔵《とめぞう》という男が訪ねてきたのは、市兵衛がいつものように勝手の板敷で《おひる》をおきねの給仕で摂《と》っているときだった。

台所土間の勝手口の障子に人影が差し、

「宰領屋の留蔵と申しやす。主の使いでご当家の唐木市兵衛さまにご伝言を授《さず》かっておりやす」

と、引き戸が開いた。

留蔵は、ひょいひょいと土間に入ってきて板敷の市兵衛に言った。

「中山丹波が見つかりやした。至急お越し願いてえと、矢藤太が申しておりやす」

市兵衛は《おひる》半ばの箸と碗を、がたんと膳においた。

「岡場所か。それとも中山は本所に戻ったのか」

「へい。北十間堀の押上《おしあげ》村、百姓地の林の中でございやす。ご案内しやす」

「すぐ仕度する」

言いながら、市兵衛は落胆を覚えた。

林の中とは……

廊下へ出ると、留蔵の穏やかならぬ声を聞き付けた安曇と頼之が出てきて、二人の後ろには大原も立っていた。

「何事で、ございますか」

「中山丹波が見つかりました。いってまいります」

「それがしも、ご一緒つかまつる」

「わたしもいきます」

大原と頼之が言った。

「いけません。あなたはお勉強があるでしょう」

安曇が頼之をたしなめた。

頼之は不服げな顔をした。

「残念ながら、中山丹波はすでに亡くなっておるようです。中山の話が訊けないのですから、今日はわたしひとりで十分でしょう」

市兵衛は二本をざっくりと帯び、菅笠をかぶって留蔵とともに屋敷を出た。

薄墨色の雲がどんよりと空を覆う真昼だった。

水道橋の河岸場から猪牙を頼むことにした。

裏神保小路より広小路に入り、そこから水道橋へ出る稲荷小路の屋敷地を曲がってすぐ、市兵衛は留蔵の紺看板の袖を引いた。

「留蔵、ちょっときてくれ」

留蔵とともに、一軒の武家屋敷の表門の、土塀の陰に身を潜めた。

怪訝《けげん》な様子の留蔵に「しっ」と合図し、きた道をうかがった。

荷車が水道橋の方へがらがらと引かれていく。

続いて、絣模様の白地の小袖と細縞の綿袴、黒足袋草履に市兵衛と同じ菅笠をかぶった少年が小走りに通りかかった。

「頼之さま」

市兵衛が呼び止めた。

いきすぎた頼之がびくりと立ち止まり、振りかえった。

「どこへゆかれます」

市兵衛と留蔵が近づいた。

「どこへって、中山丹波どのの……」

「頼之さまがいって、どうされるつもりですか」

「父の知り合いだった方を、探します」

「母上がだめだと仰ったでしょう」

「だけど、母は何も知りませんし……」

頼之は口ごもった。

留蔵がにやにやしていた。

「お願いです。わたしも連れていってください」

「だめです。連れていくわけにはまいりません。お帰りなさい」

「帰りません。わたしひとりでもいきます」

「ひとりで、ゆき先は知ってるんですか」

「唐木どのの、後をついてゆけば、いいのでしょう」

「母上がご心配なさるではありませんか」

「母は……心配ばかりしています。心配馴れしてるから、いいんです」

頼之はぼそぼそと応えた。

市兵衛は腕を組み、うなった。

「お坊ちゃん、これからいくところは、人の死に場所ですぜ。いいんですかい」

留蔵が脇から言った。

「だ、大丈夫です。平気です」

「市兵衛さん、どうしやす。あっしは市兵衛さんがよけりゃ、別にいいんですぜ」

「困るなあ」

頼之が市兵衛を見あげて言った。

「唐木どのは、半季とは言え高松家の奉公人でしょう」

「そうです」

「ということはその間は、わたしが主で唐木どのは家臣ですよね」

「まあ、そうですな」

「家臣は主の命令に従うのが、侍の務めでしょう。君臣の礼は、五倫にも説かれています。だったら唐木どのに命じます。わたしを押上村へ連れていってください」

小さな頼之の筋の立った理屈に、留蔵が吹き出した。

頼之は絶対引きさがらないといううきかん気な顔を、市兵衛へ向けていた。

安曇の心配顔が浮かんだ。

市兵衛も笑いたくなった。

心配馴れしているか……

「しょうがない。ご命令に従いましょう。但し、条件が二つあります。その条件を守っていただけるなら、です」

「はい」

頼之は、こくりとしっかり頷いた。

「わたしと出かけている間は、わたしの言うことに絶対従う。わたしの命令に逆らわない。守れますか」

「はい」

「それと、もうひとつ。これから見たり聞いたりしたことでどんなに嫌なこと、辛いことがあっても取り乱さない。我慢して侍の家の子らしく振る舞う。それもできますか」

「はい」

頼之の澄んだ目に決意がみなぎった。

市兵衛は頼之の菅笠を真っ直ぐに直した。

倅を己の仕事場に初めて連れていく父親の気分はこうでもあろうかと、市兵衛はくすぐったい気持ちで思った。

二

押上村の百姓家が田圃《たんぼ》の向こうの林間に数軒かたまっていた。

寺院の甍《いらか》と白い土塀が薄墨色の曇り空の下に見えた。

西方の小梅瓦《こうめかわら》町の空に、ほうろくや火鉢などの墨田焼きの白い煙がたなびき、鳥影が寂しく舞っていた。

稲刈のすんだ田圃は黒い地肌を晒《さら》し、畦道《あぜみち》や田の中に藁塚《わらづか》が点在していた。

畦道をゆく留蔵の向こうの田圃の中に、こんもりとかたまった林があり、木々の間に蠢《うごめ》く人影が見えた。

町方役人らしき黒羽織も交じっている。

椎《しい》や欅《けやき》、色付き出した桂《かつら》の木々の間に小さな祠《ほこら》があって、朱塗りの剝《は》げた小さな鳥居が立っていた。

林間を落ち葉がちらほらと散り始めていた。

祠の裏手あたりに人だかりがあり、村役人が連れている犬が吠えていた。

足元に莚《むしろ》をかぶせ、何かが横たわっている。

中山丹波の亡骸《なきがら》に違いなかった。

縞の長着を裾端折りにした矢藤太が、人だかりから離れた林の中に立っていた。

「よう。尋ね人が見つかったぜ」

矢藤太が市兵衛に冷めた笑みを寄越し、傍らの頼之を認めて、

「これは高松のお坊ちゃん、わざわざお見えでやすか」

と腰を折った。

「どういう経緯か、わかるか」

市兵衛が言った。

「あの犬が掘り出したのさ。埋め方が浅かったんで、手足が見えていたのを通りかかった百姓が見つけた」

犬は茶色い小型のしば犬だった。

莚の廻りを嗅ぎ回り、村役人が犬につないだ紐《ひも》を引っ張っていた。

黒羽織の町方が村役人と莚の脇に立って、小声で話しこんでいる。

「ここら辺の名主に知り合いがいてな。声をかけてあったのが、探してる人物じゃねえかと知らせてくれたんだ」

「中山丹波に間違いないのか」

「腐乱が激しくて見わけもつかねえらしいが、中山家の家紋の入《へ》えった印籠が一緒に埋めてあったそうだ。さっき本所の中山の屋敷へ知らせが出たから、おっつけ家の者がくるんじゃねえか」

家の者と言っても、暗く寂しい本所の屋敷には隠居暮らしをしている中山数右衛門と老妻の富代しかいない。

「殺されたんだな」

「誰かが埋めたわけだからな。埋めたやつが殺したと見るのが普通だろう」

市兵衛はあたりを見廻した。

北の方に北十間堀川の堤が見える。

川端を西に取り、どこかで向こう側の小梅村へ渡ってさらに西へいけば柳屋の小梅村の寮にいける。

さほど遠くはない。

もし、中山丹波がこのあたりに用があったとすれば、やはり向島の柳屋の寮なのではないか。

中山は薬を求めて寮へいった。

けれども、中山が殺されなければならない理由があったとすれば、理由は、中山が抜け荷を知っていたからだと考えられる。

陰鬱《いんうつ》な雲が垂れこめていた。

ふと、市兵衛は亡骸にかぶせた筵の周辺の人だかりから離れて、祠の陰にひとり佇んでいる若い男に目が止まった。

手拭を道行きにかぶり、紫に波模様の着流しが、役者の立ち姿のようだった。

蒼白で、唇が紅を塗ったように赤い。

「あの男、誰だ」

市兵衛はさりげなく矢藤太に訊いた。

「うん?」

矢藤太は祠の男を流し見た。

「おれがきたときは、もうあそこにいて、ずっとあのままだ。一度話しかけたが、話したくない様子だったから止めた。あの野郎、たぶん、陰間《かげま》だ」

京で女衒をやっていた矢藤太は、そういう勘が鋭い。

陰間、つまり男娼である。

そのとき留蔵が矢藤太に言った。

「親方、鬼しぶですぜ」

留蔵が顔を向けた方向へ目をやると、南方の寺院の脇の田圃道を、町方の黒羽織と手先らしき男がこちらに向かっていた。

前後して、村役人に付き添われた中山数右衛門が、田圃道をせかせかと歩いてくるのが認められた。

「まずい野郎がきやがった。このあたりも鬼しぶの廻り場だったのかね」

「どうしやす?」

「市兵衛さん、おれたちは先に帰《け》えるよ。あいつあ、鬼しぶって綽名の町方でさ。会うと袖の下の話が長くなるんだ。とにかく、これで借りは、かえしたぜ」

「ありがとう。よくやってくれた」

「と言っても、尋ね人があのざまじゃあ何も訊けねえがな。お坊ちゃん、あっしら用がありやすんで、これで失礼しやす」

「世話になった」

頼之は菅笠の縁をあげ、ませた口調で言った。

矢藤太と留蔵が北十間堀川の堤の方角へ、畦道を小走りに辿っていく入れ替わりに、鬼しぶこと渋井鬼三次が、袖に手を入れた気楽な格好で鳥居を潜った。

手先がひとり、渋井に従っている。

鬼しぶは市兵衛を見つけて、さがり眉の頬骨の高い不機嫌面をさらに歪め、

「よう。市兵衛、素人にしちゃあ早えじゃねえか」

と、馴れなれしく市兵衛を呼び捨てにした。

「ありゃあ、宰領屋の矢藤太だな」

渋井は畦道に小さくなる矢藤太らの後ろ姿へ、顎をしゃくった。

「そうです。矢藤太が知らせてくれたんです。用があるので先に帰りました」

「あの野郎、おれがきたんで逃げ出しやがったな。くそ。ちっとばかし言い分《ぶん》があったが、まあいいや。そうか、市兵衛は宰領屋が人宿だったな。ということは、こっちの男前は高松家の御曹子かい」

渋井は頼之が名乗るのを、にやついて見おろし、

「中山の話を訊きたかったろうが、残念なこったな。けど、おれはどうせこんなことじゃねえかなと、思ってたぜ」

と、薄笑いを市兵衛へ移した。

「このあたりは渋井さんの廻り場、ですか」

「そうじゃねえが、先だって、あんたの話を聞いてから気になって、神田川心中の裏事情を調べ直してたんだ。特に、柳屋の小梅村の寮とか、そこらへんを念入りにな。

ここは柳屋の寮と存外近《ちけ》えんだぜ」

渋井は柳屋の寮が見えるかのように、西の方角を見はるかした。

「たまたまもしかしたら丹波が戻ってねえかと本所の屋敷を訪ねてたら、折りよく知らせの村役人がき合せた。で、中山の隠居と一緒にきたってわけさ」

その中山数右衛門が、息使いを荒げながら村役人とともに鳥居を潜ってきた。

市兵衛が目礼するのを見つけ、皺の中にしぼんだ目を精一杯見開き、

「だから、だから……」

と言いかけて言葉が続かず、莚の方へふらつくように近付いていった。

数右衛門の到着を待っていた町方が、莚の廻りの人だかりを両側に開いた。

「渋井さん、わたしも見たいんですが」

「いいよ。あいつは南の廻り方だ。頼んでやるよ」

市兵衛と頼之は、渋井と手先の後に続いた。

数右衛門が莚の側に屈み、筵が捲られ、亡骸の上体が晒された。

腐乱の激しい亡骸は、腐臭を発し、顔は不気味に爛《ただ》れて歪んでいた。

頼之が市兵衛の背後に隠れた。

渋井は南の廻り方に話しかけていた。

それから市兵衛に、大丈夫だという目配《くば》せをくれ、南の廻り方と並んで亡骸の傍らへ屈んだ。

数右衛門が掌を合わせ、ぶつぶつと経らしきものを呟いた。

「こいつあひでえな。どれぐらいたってる」

「ひと月以上はたってるな。暑い盛りならもっと傷んでたろう」

「遺留の物はこれだけかい」

亡骸の横に大刀一本と印籠、汚れた草履が並べてあった。

「財布はない。印籠の家紋で素性が知れた」

「よく見つかったな」

「犬が掘り出した。埋め方が浅かったんだ。雑な手口だ」

「だが、流しの追い剝ぎなら埋めたりはしねえ。何かわけありだな」

渋井と南の廻り方が、朱房のついた十手で亡骸を指して言い合った。

「斬り傷が結構残ってるな。額に三ヵ所、肩、腕、胸に、ひい、ふう、みい……四ヵ所と。背中は?」

と渋井が腐乱した亡骸の肩を起こしたから、人だかりが「うわ」と退がった。

渋井の手先がそれを手伝った。

亡骸は今にもぐずぐずと崩れ落ちそうだった。

南の廻り方も渋井のやり方にたじろいだ。

「だ、大丈夫かい」

「慣れてるから平気さ」

渋井は市兵衛を見あげ、いきなり言った。

「市兵衛、あんたはどう見る」

「傷が多いのは、複数の者がよってたかって斬り付けたのでしょう。ただ、あまり腕が立つ者らではありませんね。刀を見てよろしいか」

許しを得て、市兵衛は土でつまった刀を引き抜いた。

刀身には錆びが浮いていた。

土の中で錆びたというより、もともと手入れを怠っていた見かけだった。

どちらにしても、刃こぼれは見当らない。

「刀を抜かずに斬られている。刀を抜いていたなら、これだけ斬り付けられる間に何合かは合わせられます。つまり、刀を抜く相手ではなかった」

「刀を抜く暇がなかったんじゃあ、ねえのかい」

「ひとつひとつの傷は致命傷には見えません。斬り刻まれて、おそらく苦しんで死んだんですよ」

渋井と南の町方が「ふうん」と頷いた。

そのとき市兵衛が何気なく振りかえると、祠の陰から様子をうかがっていた道行きかぶりの男を数右衛門が、いけ、いけ、と手を振り、追い立てていた。

お前のくるところではないとでも言うように、数右衛門はひどく忌《い》み嫌っている仕種だった。

男は気がかりで立ち去りかねているように見えたが、数右衛門に追い払われ、鳥居の外へ仕方なく逃げた。

四半刻後、市兵衛と頼之は、本所中ノ郷のだらだらと曲がる道を大川の方角へ取っていた。

道の前方に、土塀や町地の家陰に見え隠れする紫の着物の色がちらついた。

中山丹波の亡骸は腐乱が激しいので、通夜もせず、近在の寺へ運び、そこで埋葬と供養を頼むことに数右衛門は計らった。

「怪しいやつが浮かんだら、こっそり知らせてくれねえか」

と渋井は南の廻り方に袖の下から包み紙を握らせて頼み、市兵衛には、

「ちょいと柳屋の寮を突っついてみらあ。何か面白いことが見つかったら、あんたにも教えてやるからよ。楽しみに待ってな」

と、腕を仕舞った両袖をなびかせ、手先とともに田圃道を足早に去っていった。

渋井と別れ、押上村から横川に架かる業平《なりひら》橋まできたときだった。

橋の向こうに、ゆるゆると歩む道行きかぶりの手拭と紫色の着物が、見えたのだった。

市兵衛は間を取って、男の後をゆっくりと追った。

やがて男は中ノ郷からの道を大川堤へ出た。

それから吾妻橋の方へ折れ、人通りのいき交う吾妻橋を渡るのが見えた。

男は橋の途中で立ち止まり、ぼんやりと川面を見おろした。

肩を落とし、疲れ切った風情だった。

「唐木どの、あの男、怪しいのですか」

市兵衛が男をそれとなく追っているのに気付いて、頼之がそっと訊いた。

「わかりません。ですが、気になるのです。もしかしたら、中山丹波のことをよく知っているかもしれません」

吾妻橋の北方の空に、黒い雲が広がりつつあった。

三

男は、浅草広小路の賑わいを抜けた田原町《たわら》三丁目の蛇骨《じゃこつ》長屋に住んでいた。入口の木戸から延びた路地の北端に湯屋がある。

路地を走っていた子供らが立ち止まり、市兵衛と頼之を好奇の目で見つめた。

市兵衛は子供らの年長らしき小僧に笑いかけ、

「今、あそこに入った兄さんの名前を教えてくれないか」

と、小僧の目の前へ指先に摘んだ四文銭をかざした。

「おやまの庄二郎《しょうじろう》さんだよ」

小僧が四文銭をつかみ取ろうとするのを、市兵衛はひょいとそらした。

「女形《おやま》の庄二郎さんか。ひとりで住んでるのか」

「ひとりだよ。時どき、お客がくるけど。おじさんたちも、そうかい」

「お客は、男の人だね」

「決まってるじゃないか。庄二郎さんはおやまなんだから」

「そりゃそうだ。ありがとうよ」

小僧の掌に四文銭を落とすと、子供らは喚声をあげながら路地を走り去った。

かぶりを取った庄二郎の頭は五分月代《さかやき》で、尖った顎の廻りに和毛《にこげ》のような髯《ひげ》がまばらに残っていた。

化粧っ気はないのに、唇の生々しい赤色が目に付いた。

四畳半の土壁に横座りに凭《もた》れ、儚《はかな》げにうな垂れていた。

傍らに枕屏風で目隠しした花柄模様の蒲団と箱枕が重ねてある。

市兵衛と頼之は、四畳半と土間続きの狭い板敷を仕切る腰障子を背に、庄二郎と対座していた。

「人がどう言おうとね、あたしにゃあ、中山さんはいい人だったんですよ」

部屋は薄暗く、庄二郎の悲嘆がこの小さな店を陰鬱に包んでいた。

「中山さんとは、いつごろからの付き合いなんですか」

「いつからだって、いいじゃないですか。ずっと、ずっと前からですよ」

「中山さんと内儀とが疎遠になっていたと聞きましたが、それはあんたとのことがあったからなんですね」

「そんなこと知りませんよ。でもね、中山さんがこんなことになったのは、みんなあの女のせいなんだ。あの女がそそのかしたから、とうとうこんなことになってしまった。あたしは、危ないから止めなって中山さんに忠告したんだ」

紫の着物の裾から、男を隠せない骨張った素足がこぼれていた。

「内儀は中山さんに、何をそそのかしたんです」

庄二郎は、ふうっと疲れた溜息を吐き出した。

「欲深い女だから、もっと沢山、薬を手に入れようって言い出したんです。そんな簡単にいくはずないのに……あの女が死んだのは自業自得《じごうじとく》ですよ」

「薬とは、津軽ですか」

庄二郎は市兵衛を見あげ、ゆっくり頷いた。

「その薬を、あんたも使っていたんですね」

「ここでも、中山さんの本所のお屋敷でも、使いましたよ。本所のお屋敷はご隠居の目がうるさいから、こっそり吸うのに苦心しました。煙管につめて煙草みたいに煙を吸うんです。三人で、廻しながら吸いました」

庄二郎は赤く潤んだ目に媚びた笑みを浮かべた。

中山数右衛門が言っていた気色《きしょく》の悪い客は、庄二郎だったのだろう。

だから数右衛門は庄二郎を追い払っていた。

「三人ということは、内儀も一緒だったと？」

「薬を一番沢山使ってたのはあの女なんですよ。中山さんからもらうだけじゃあ我慢できなくなって、薬を手に入れるために、岡場所で女郎まで始めたんです。中山さんの女房のくせにさ」

「内儀が女郎を始めた岡場所は、神田多町の長治の廓ですね」

「そうですよ。あの女は薬が欲しくって、長治の言いなりになってたんです。長治んとこが薬を手に入れやすかったから。以前は、中山さんも長治のとこから買ってました」

「しかし二年くらい前から、本石町の薬種問屋・柳屋稲左衛門の向島の寮で手に入ることがわかった。そうですね」

「よくご存じだこと。唐木市兵衛さん、でしたね。あたしに何をお訊きになりたいんです。中山さんのお知り合いって仰ったけど、ほんとうにお知り合い？」

庄二郎の目付きが変わり、市兵衛へ不審を露わにした。

市兵衛は短い沈黙をおいた。

「お疑いの通り、中山さんの知り合いというわけではありません。わたしは旗本の高松家の用人を勤めております。こちらは高松家を継がれた主の頼之さまです」

「高松家って、もしかしたらあの？」

「先月、中山さんの内儀と神田川に浮いていた高松道久さまの高松家です」

庄二郎は頼之に好奇の目を向けた。

「道久さまと中山さんの内儀は相対死をし、中山さんは殺された。三人はなぜ死ななければならなかったのか。三人の死には、わからないことがある」

庄二郎は頼之にそそいだ好奇の目をそらさなかった。

「われらは道久さまと中山夫婦との繋がりを、確かめにきたのです。あんたと中山さんの仲を詮索する気はありません。ただ、道久さまの身内の者として、ほんとうの事情を知りたいのです」

庄二郎の青ざめた顔に、朱が差した。

「背後に三人の死を仕組んだ者がいます。庄二郎さんの知っていることを、教えていただきたい」

「ほんとうの事情、ねえ」

庄二郎は、ふん、と自嘲した。

「高松のお坊ちゃん、お気の毒だけど、あたしはお坊ちゃんのお父《と》っつあんのことは何も知らないんですよ。あの女がね、長治って店頭《たながしら》と懇《ねんご》ろになって、いろいろ訊き出したんです。長治は石井彦十郎っていうお旗本の伝《つて》で柳屋と知り合い、何年か前から柳屋の薬を売り捌《さば》くのを、任されるようになったんです」

市兵衛は深く頷いた。

「柳屋には薬をどこかから沢山仕入れる秘密の方法があって、向島の寮にはいくらでも薬があると長治から聞いたもんだから、中山さんに長治のとこで買うより柳屋の寮で買う方がいいと進めたのも、あの女なんです」

「柳屋の寮の方が、好きなだけ手に入るからですね」

「そう。でもそのうち、あの欲張り女が、長治にひとり占めにさせとくことはない、わたしらで薬を売り捌こうって言い始めたんです。薬はいくらでも売れるし、柳屋をちょいとつっつけば、きっと薬をわたしらにも廻してくれるって」

「ちょいとつつく？」

「それもあの女が長治から訊き出したことだけど、柳屋の薬を仕入れる秘密の方法がね、どうやら異国から仕入れてるらしいんですよ。あたしら異国がどこのことか知っちゃあいませんよ。でも、それって、お上のご法度《はっと》なんですってね。だからそれをほのめかしたら、簡単だってあの女が言うんですよ」

「それは、いつごろのことだったんですか？」

「ほんの、先月の初めのことですよ。あたしゃあね、危ないことはよそうって止めたんだ。けど、あの女は薬を手に入れるためには何だってするようになっていたんです。中山さんは人がいいから、あの女にそそのかされたんです」

「それで？」

「そんな矢先、高松ってお侍が、石井彦十郎と懇意だったのを通じて、異国との秘密の取り引きを調べるために柳屋に近づいていた公儀の密偵かもしれないから用心するようにって知らせが、柳屋の川越店から届いたんですって。中山さんが、高松がつかまった、高松は殺されるだろう、妙なことになったって心配してました」

「つかまったのは、柳屋の寮で？」

「さあ……けど、そのころ柳屋は越後へ商いの旅に出かけてて、江戸にいなかったそうなんです」

「なら、つかまえたのは石井彦十郎か、長治か……」

「誰がつかまえたかなんて、知りませんよ。だいたい、高松って名前もそのときまで聞いたことなかったんですから。ただ、二、三日して、あの女が高松さんと心中をしたって中山さんから聞かされて、あたしゃあびっくりだった。一体何があったのか、わけがわかんなくてさ」

「中山さんは、二人が心中に見せかけて始末されたことを、知ってたんですね」

「中山さん、匿《かくま》ってくれってここへ逃げてきたんです」

　庄二郎は、弱々しく溜息をついた。

「高松ってお侍のことは、柳屋の寮で何度か顔を合わせたことはあるけれど、自分らとは何のかかわりもないって言ってました。だけど、欲張って柳屋を脅したりしたから、絵梨は高松の心中の相手役にされて消されたんだ、おれもこのままだときっと消されるって、恐がってました」

　道久に実際に手を下したのは、石井彦十郎、あの男がやらせ、長治が手を貸したのは、もはや明らかだった。

　道久は拷問されたのだろう。

　そして阿片を大量に一度に吸わせ、道久と絵梨に心の臓の麻痺を起こさせる。

　岡場所で急死した女郎たちと同じだ。

　それから石井と長治は、二人が神田川で心中を計ったように見せかけた。

　それを繕《つくろ》うために、道久の借用手形まで偽造した。

　頼之は空ろな表情で、庄二郎に目をそそいでいた。

「でも、中山さんは言ってました。誰がどういう魂胆で手をかけたにしろ、頭は柳屋稲左衛門だって。柳屋は恐ろしい男で、石井も長治も、柳屋の指図に従ってるだけだって」

「中山さんは身の危険を感じてここに隠れていたのに、何があったんですか」

「あたしの忠告を聞いて、ここにいればよかったんだ。薬が切れて、中山さん、癖になってたから、我慢できなかったんです。こっちは高松とは何のつながりもない事情を話せば、柳屋はわかってくれるはずだって、向島の寮へ出かけていって。けどそれっきりでした。先月の下旬のことです」

それから庄二郎は、急に胸がつまったみたいに、はらはらと涙をこぼした。

「中山さんも甘いんですよ。そんなに簡単に話がつくなら、誰も死んだりしないんだ。誰も……」

四

まだ夕暮れには間があったが、空は雨を孕《はら》んで暗くなっていた。

大川へ戻り、花川戸の河岸場で猪牙を頼み、厚い雲の垂れこめる大川を下った。

その間、頼之はひと言も言葉を発しなかった。

小さな身体で、何かを考えこんでいた。

だが、神田川へ折れる両国橋手前まできたとき、頼之は市兵衛へ振りかえった。

「唐木どの、父を手にかけたのは、誰なんですか」

「確かなことは、まだわかりません。お目付が柳屋や石井を捕縛すれば、すべてが明らかになるでしょう」

「それはいつです」

「遠い先のことではありません。間もなくです」

頼之は川面へ顔を向けた。

頼之にとって、父の不審な死は重すぎる事実に違いなかった。

「唐木どの、これから神田多町の長治という男のところへいきたいのですが、連れていってくれますか」

市兵衛はどきりとした。

頼之の顔は青ざめて、もどかしさに堪えかねているように見えた。

「何を言われるのです。もう帰るのです」

「父が死んだ神田川は多町と近い。長治が何か知っているかもしれない」

「そういうことは後日、わたしが調べます。今日はこれまでです。わたしの命令に従う。約束でしたね」

「帰るなら約束は終わりでしょう。唐木どのが連れていってくれるなら約束は続行ですが。唐木どのがいかないならひとりでいきます。神田ならひとりでもいける」

「なりません。母上が心配なされます」

「わたしは父の身に起こったことを知らなければならない。そうしなければならないからそうしたと、唐木どのも片岡家を出られたのでしょう」

頼之は、もう決めた、梃子《てこ》でも動かない決意をあどけない目に漲《みなぎ》らせていた。

八歳とは思えぬ頭のよさと、頑固で一徹な気性だった。

高松道久に似たのか。

それとも母親の安曇なのか。

「絶対だめです」

厳しく言った。

にもかかわらず、その日、市兵衛はどうかしていた。

柳屋稲左衛門が要所《かなめどこ》を握り、石井と長治が暗躍する構図が、今はもう市兵衛の脳裡にはっきりと描かれている。

間違いなく長治は、道久と絵梨の死にかかわった男だ。

どうかしていたのは、市兵衛自身、長治と会わねばならぬと考えていたからだ。市兵衛はつい、頼之のひた向きな決意に動かされた。後悔は後からきた。だがもう遅い。

神田多町のその一画は、南北に延びる小路の両側に間口の狭い廓や色茶屋が櫛比《しっぴ》していた。

小路を仕切る木戸脇に番小屋があり、焼き芋を売る番太郎ではなく、人相の険しい着流しに看板の若い男が数人、屯《たむろ》していた。

店頭《たながしら》の長治の廓は、中でも大きな店が三軒並ぶ二階家のひとつだった。

小路に開いた表口に橙色の長暖簾がさがり、やはり看板の呼びこみの男が暇そうにぶらぶらしていた。

怪しい雲ゆきのせいか、昼見世の人通りはなく、三味線を爪弾《つまび》く音が小路に物寂しく聞こえるばかりだった。

格子を立てた見世の赤い毛氈《もうせん》を敷いた部屋に、けばけばしい化粧の女たちが暇そうに客待ちをしていた。

格子見世の女たちは、子連れの市兵衛を客ではないと見て、声もかけない。

市兵衛と頼之が通されたのは、内証の奥の裏庭に面した八畳ほどの座敷だった。

薄暗い座敷の一方に床の間があり、掛軸がかかっていた。

空はますます暗くなり、裏庭に植えられた松が黒ずんで見えた。

そこへ現れた長治は、顔が痘痕《あばた》だらけの痩せた四十前後の男だった。

黄八丈の二重に羽織った薄茶の羽織の背中がひどい猫背で、市兵衛より頼之に、笑っているような訝っているような目付きを、ぎょろりぎょろりと向けた。

店頭とは、町中の岡場所や遊里を地面の名主や家主に代わって差配する、一種の町役人である。

店頭は差配する廓や色茶屋の抱える女の数や行燈の数で、ひとりに付き何文、あるいは一灯に付き何文で各戸から世話料を取る。

「それはそれは、高松さまのお身内の方でいらっしゃいましたか。高松さまがお亡くなりになり、かれこれひと月がすぎました。誠にお気の毒でございます」

長治は歪んだ目で、市兵衛と頼之を下から舐めあげた。

「長治さん、高松家ではこちらに道久さまの馴染みの女がいるとは、誰も気付きませんでした。道久さまは、よくこちらにこられたのですか」

「お気付きでなかったのは迂闊《うかつ》でございましたな。高松さまは頻繁にお見えになられましたよ。馴染みは、絵梨、源氏名を凪《なぎ》という女郎でございました。心中などするとは、気付かなかったわたしどもも迂闊でございましたが」

「絵梨という女は、本所の御家人・中山丹波のお内儀だったのは、ご存じですね」

「むろん、存じております。今どき暮らしに窮したお武家のお内儀、奥方、またお嬢さま方が女郎勤めをなさるのは、珍しいことではございませんので」

「絵梨は本所からこちらまで、通っておったのですか」

「さようです。あの女は昼見世だけでございました。夜見世は、腐っても武家の体裁があるからと申しまして。わたしどもも強制はいたしませんでした」

「おかしいですね。昼見世だけなら、道久さまは番方のお勤めでお城にあがっておられ、頻繁にこちらへこられるはずはないのだが」

「はは……建て前上は昼見世だけですが、夜見世もときに勤めておりましたし、高松さまもお城勤めの隙を見て、遊びにこられておりましたよ。はは……」

「勤めにあがった番方が、隙を見てお城を抜け出すことなど、できません」

長治はにやついた。

「ならば、高松さまはどのようになさってたので、ございましょう。なんぞ、お役目でまいられたのでしょうかねえ」

市兵衛を軽くあしらった。

「まあ、いいでしょう。夫の中山丹波が絵梨に会いにきておったでしょう」

「とき折り、金の無心にきておったようです。御家人と申しましても、みすぼらしい乞食侍でした。ここんとこ見えませんが」

どうやら、中山丹波の死体が見つかったことはまだ知らないらしかった。

「金の無心ですか。薬の無心ではないのですか」

市兵衛は探りを入れた。

ふふん、と長治は鼻先で笑った。

「津軽のことでございますね」

「支那では阿片と言うそうですね。知り合いの医師から聞きました。こちらで手に入れられると」

「まれに、奥州から行商にくる薬売りからわずかに買い求めた津軽を、欲しいと仰る方にお分けしているだけでございます」

「柳屋稲左衛門から仕入れていると、聞きましたが」

「柳屋さん？　はいはい、柳屋さんから手に入れたこともあったかもしれません。いずれにせよ、わずかな量でございます。津軽は高価な薬でございますので。そう言えば、高松さまもお好きでございましたよ。凪と遊ぶ折りは、津軽を吸っていい気持ちになっておられました」

　長治は頼之をからかうように笑いかけた。

「津軽は人を自堕落《じだらく》な気分にする薬でございますので、高松さまも凪も、津軽を吸っているうちに、生きる気概をなくされたのでございましょうねえ。わたしどもも心中などされて、えらい迷惑でございますよ」

　そのとき、頼之が言った。

「父は、そのような人ではない」

　雨が降り始め、さささ、と庭の松林が騒いだ。

　長治はにやにやと笑い続けていた。

「お小さい方には、まだおわかりにはなりませんでしょうな。無理もございません」

「父は、侍は侍らしくあれと申しておりました」

　頼之は堪えかねて、気が昂《たか》ぶっていた。

「頼之さま、気持ちを鎮めなさい」

　市兵衛は小声でたしなめた。

　黒ずんだ障子に稲妻《いなずま》が走り、雷鳴とともに雨が急に激しさをました。

「お坊ちゃんにはおわかりにならないでしょうが、わたしどもは高松さまのお遊び代を、ずいぶん立て替えておるのでございますよ。高松さまも、あまり家禄のお高いお家柄ではございませんのでね」

「長治さんところに借金を？　いつ、いかほど」

市兵衛は訊ねた。

「だいぶ溜まっておりますな。もちろん、心中を計った日のお支払いも残っておりますしね。そうそう、蠣殻町の中丸屋の伝三郎さんから五十両の借金の手形も、出てきたそうでございますな」

「では、用人の春五郎もご存じなのですね」

「はい、とき折り、春五郎さんもお見えでした。高松さまが勘定に無頓着でございましたから、お金の工面に苦労なさってました……お侍と申しましても、お金にだらしない方が多おございますから」

「中丸屋と長治さんはどういう……」

言いかけた市兵衛を遮《さえぎ》って、頼之が甲高い声で叫んだ。

「父は相対死などしていない。父は殺されたんだ」

「頼之さま」

いっそう激しい雷鳴が市兵衛の声をかき消した。

凄まじい雨が庭を叩き、廓の女たちの騒ぎ声が聞こえた。

「父は殺されたんだ。父を殺した者が中山丹波も殺したんだ。父を殺した者を知っているから、その者が中山丹波を殺して埋めたんだ」

昂ぶった頼之は、抑《おさ》えが利《き》かなくなっていた。

長治を睨む目に涙が溜まっていた。

「中山さんが殺され、埋められていたと？　それはどちらで」

長治がいがらっぽい声で訊いた。

「押上村だ」

まずい。長治が知らないなら、知らないまま話をさせたかったのだが。

市兵衛は、長治に破願した。

長治の表情が、いっそう歪んだ。

顔はにやついているが、市兵衛に激しい猜疑《さいぎ》の目を向けてきた。

稲妻が障子を青白く染め、雷鳴が続いた。

「少々お待ちを。ただ今、お茶を……」

長治が背中を丸め、獣のようにすっと縁側へ出、障子を後ろ手に閉めた。

「誰か。戸を閉めろ。縁側が水浸しじゃねえか」

縁廊下で長治が喚いた。

人がきて、縁側の板戸をばたばたと立てていく物音が続いた。

座敷が暗くなったが、行燈《あんどん》を持ってくる者はいなかった。

頼之は鼻をすすっていた。

無理もない。

悔しさと悲しさに我慢できなかったのだろう。

やはり、きたのは間違いだった。

その夕刻の最初の後悔だった。

だが二つ目の後悔は、四半刻の半ばがすぎたころ、市兵衛の脳裡を、はっしと叩くように兆した。

市兵衛はここでもどうかしていた。

長治はどこへいったのだ。

暗い座敷を見廻した。

雨が板戸を叩き、雷が、ばりばり、と庭で鳴った。

五

市兵衛は刀を持ち替えた。
外は風雨が逆巻き、遠くで桶の倒れる音が聞こえた。
だが、廓の中は物音ひとつしなかった。
さっきまで騒いでいた女たちの声も、ぷっつりと消えていた。
闇が、息を潜めてじっとこの座敷をうかがっている。
市兵衛の痩軀は、それをひりひりと感じ取っていた。
しまった。すぐにここを出るべきだった。
突然の激しい雷雨が、それをためらわせたのだ。
頼之は気持ちが落ちついてきたのか、すすり泣きも止んで、静かに座っていた。
「頼之さま……」
市兵衛は障子の方へ身体を向け、ささやきかけた。
「こちらへ」
頼之は賢い子だった。

暗がりで市兵衛の顔はよく見えずとも、口調で瞬時に気色を悟り、素早く市兵衛の後ろへ廻って身体を屈めた。

驚きの丸い目だけが、かすかな光を湛えて市兵衛を見あげた。

「人が……三人、いや、五人きます」

市兵衛は闇に耳をそばだてた。

激しい雷雨の音の間を縫って、息使いが近づいている。

「床の間を背に構えを小さくして、障子と襖の方へ気を配ってください」

市兵衛は指差し、ささやき続けた。

「耳を澄ませば、暗がりの中では目より役に立つ。人の気配は雨風や雷とは違う」

市兵衛は小刀を頼之に渡した。

「人を斬るためではありません。打ちかかってきた相手のひと太刀を防いでください。その隙があればわたしが必ずくる。いいですか、ひと太刀です」

頼之が頷くのがはっきりと見えた。

市兵衛は頼之を背中にして、暗がりの中で下げ緒を襷《たすき》にかけた。

かち、と鯉口《こいぐち》を切り、音もなく大刀を抜いた。

頼之の息使いを堪える気配が、健気だった。

がたん、がたん、どろどろどろ……風雨が板戸をゆるがし、雷が轟《とどろ》いていた。
市兵衛は摺《す》り足で縁側の障子の側へ移り、片膝をついた。
足音が忍び寄っていた。
「長治、さん」
市兵衛が先に声をかけた。
「お茶を、持ってまいりました」
低い男の声が応えた。
市兵衛が傍らの畳を叩いた。
とん、とん。
殺気が障子を小刻みに震わせた瞬間——
刀身が障子の外から、ぶすっと突き出てきて、市兵衛の左の空虚を突いた。
すかさず市兵衛が障子へ、大刀をひと突きに突き入れた。
呻き声があがる。
刀を引き戻すと、黒い血がばたばたと障子を打った。
だあぁぁ……
障子戸が引き開けられ、黒い塊《かたまり》が片膝ついた市兵衛に打ちかかった。

打ち落とされた一撃が、風のようにそよぐ市兵衛の脇にうなる。

その刹那、市兵衛の突きあげた切っ先が黒い塊の喉首を貫《つらぬ》いた。

男の雄叫びが途切れた。

刀を引き抜く。

黒い塊は廊下に倒れているもうひとつの塊に躓《つまず》いて、後ろへよろけて板戸へ凭《もた》れこんだ。

板戸もろとも夕闇の中で風がうなる庭へふわりと落ちていく。

雷鳴が轟き、雨風が、ひゅるる、と座敷に吹きこんだ。

稲光が喉から血を吹き痙攣している庭の男を、一瞬照らした。

同じ一瞬、襖を開け放って畳を揺らす男らを稲光が映した。

三人の男らが頼之へ突進していた。

頼之は小刀をかざし、必死に身構えている。

市兵衛は風に乗って旋回し、先頭の刀を振りあげた男に並びかけた。

とおっ。

後方から袈裟に薙いだ一刀が、男の空いた脇のあばらを砕いた。

男は悲鳴をあげ、頼之を狙って斬りかかった刀が床の間の化粧柱を噛んだ。

雨のように血が吹き、頼之に降りかかった。

「わあ」

頼之が叫んだ。

市兵衛は頼之の腕をつかみ、残りの二人の黒い影へ刀を突きつけた。

男らは、束の間のあまりの出来事にたじろいだ。

頼之の腕をつかんだまま前に出る市兵衛から、男らは逃げるように退がっていく。

見世土間へ出ると、廓の女郎や若い衆らが返り血を浴びた市兵衛と頼之を見て、悲鳴をあげ逃げ惑った。

「頼之さま、いきますぞ」

「はい」

頼之の目に恐怖と必死さが漲《みなぎ》っていた。

市兵衛は頼之の腕をつかんだまま、雷鳴は止まず土砂降りの雨の小路へ、慎重に進み出た。

小路の南北を、二人の男が身構え塞《ふさ》いでいた。

同じ黒い着物に、黒袴黒足袋だった。

長治に雇われている、どこかの道場の無頼の浪人者らだろう。

廓の二階から、騒ぎを聞き付けた女郎や芸者らが小路の成りゆきを見守っている。

頼之がいなければ一方に突進して各個に倒すのだが、幼い頼之が市兵衛に遅れず動くことなどできない。

それでは頼之の身が危ない。

二人を同時に迎え撃つしかなかった。

風雨の中を空桶が転がっていた。

「頼之さまはここに」

市兵衛は頼之を軒下に残し、小路の真中に立った。

市兵衛は柄を両手で絞った。

右八双に身構え、両膝を曲げた。

市兵衛の痩軀に風が蓄えられた。

稲妻が走り、雷鳴が夕闇をつんざいた。

そのとき、南北の男たちはほぼ同時に突進を開始した。

「せええいっ」

「あいやあぁぁ」

ただ人を斬るためだけに研ぎ澄まされた妖気が迫ってくる。

だが最後の運は市兵衛にあった。

北側の男は途中の桶を蹴り飛ばし、突進がわずかに遅れた。

南側の男の方が腕利きだった。

雄叫びと、うなりをあげる一撃が襲いかかる。

市兵衛はそれを激しく跳ねあげ男を仰け反らせ、即座につむじ風のように身を翻《ひるがえ》し薙いだ一撃が、束の間遅れて襲いかかる北側の男の首筋を打った。

すとん、と鳴って男の首が人形のように飛んだ。

首は水煙をあげ、血飛沫《しぶき》を散らして屋根にまで飛んで、二階から見おろしていた女たちの前の瓦に転がった。

女たちが悲鳴をあげ失神する者が出た。

しかし南側の男は市兵衛の隙を見逃さなかった。

体勢を立て直した二の太刀が、稲光を引き裂いた。

「だあっ」

市兵衛の刃が刃を受け止めた。

鋼《はがね》ががりがりと噛み合った。

凄まじい衝撃と圧力が市兵衛の身体を撓《しな》わせた。

稲妻が走り、男の顔を死神のように青く染めた。

風がうなった。

その瞬間、市兵衛の身体が風の中に消え、男の眼差しと刃が空《くう》を泳いだ。

男に市兵衛が見えたとき、どすんと腹に刃が食いこんだ。

刃が筋を断ち、腹腸《はらわた》を抉《えぐ》り、生気を断ち、血飛沫とともに引き抜かれた。

男は何か叫ぼうとして、真っ赤な口を開いた。

だが声にはならず、血潮だけが雨の中へ吹き出していた。

それでも男は刀を杖につき、倒れまいと身体を支えた。

周囲の女たちの悲鳴が、凍りついていた。

風と雨が降りそそぎ雷鳴が鳴り響く中で、男は刀に支えられたまま、一塊の黒い石のように動かなくなった。

車軸を流す雨の音だけがばしゃばしゃと地面を叩いている。

市兵衛は頼之の手を握った。

そして風雨に抗し、すっくと身を起こして言い放った。

「旗本高松家用人・唐木市兵衛と申す。ただ今、店頭長治の店にて不逞《ふてい》の輩《やから》の理不尽な襲撃を受け、やむを得ず討ち果たした。この儀に異議を唱える者あらば、いつなりとも役人をともない、あるいは討手を打ち揃え、それがしの元にまいられよ。正々堂々、受けて立ち申す」

市兵衛は頼之の手を引いて、木戸へと歩んでいた。

軒下からも二階の出格子の窓からも、男や女たちの顔がのぞいていた。

市兵衛はさらに続けた。

「しかしながら、悪意を持ち偽りを申して、わが主並びにそれがしに害をなさんとはかる者には、わが刀にかけてその報いを必ず与える。たとえ、この廓中の者らすべてを討ち果たしてもだ。それを覚悟せよ」

雷鳴にも劣らぬ市兵衛の声が、朗々《ろうろう》と響き渡った。

誰も小路に出てこなかった。

木戸口に屯していた看板の若い男らは、番小屋の中に隠れ、震えていた。

第六章　二つの国

一

柳屋稲左衛門は、胸に痛みを覚えるほどの衝撃を受けていた。

ペルシャ絨毯を敷き、マホガニーの卓を囲んで肘掛の椅子にかける男たちを、ひとりずつ見廻した。

左手の椅子に宗七、右には石井彦十郎がかけ、長治は椅子にかけず絨毯に両手をついてうずくまっていた。

重苦しい沈黙が、四人にのしかかっていた。

風雨が寮を囲む孟宗竹を騒がせ、稲妻が走り、雷鳴が鳴っていた。

卓上に《らんぷ》という南蛮の明かりが灯り、部屋を光と影に隈取《くまど》っていた。

長治の黄八丈に薄茶の羽織は、降りしきる風雨の中を急いできたため、濡れて袖から雫《しずく》が垂れていた。

稲左衛門は、酒瓶からウオトカを碗にそそぎ、口に含んだ。

透明で喉が焼けるように強いこの酒は、ロシアの荒々しい野を懐想《かいそう》させる。

広大な野に山はなく、森と荒地と獣しかおらず、人も住まぬ果てしない野だと、カピタン・グラゾフは言った。

それは武州の野より広いのだろうかと、稲左衛門は物悲しく思うのだった。

そうして海の向こうには、祖先の霊が眠る支那の国がある。

ロシアと支那は地続きで、商人はラクダに乗って何ヵ月も旅をすると聞いた。

稲左衛門の商人の魂は揺さぶられた。

にもかかわらず、なぜこんなにも、悲しいのだろう。

「間違いなく、高松家の用人と倅は、始末したのか」

稲左衛門はギヤマンの碗を卓上に、かつんとおいて言った。

「へえ。そりゃあもう、間違げえなく」

長治が痘痕《あばた》だらけの顔をあげて答えた。

「ほんとうに、間違いないのか」

稲左衛門の低くくぐもった声が、苛立っていた。

長治は不安げに目をぎょろつかせ、間違げえなく、としきりに頷いた。

「おまえは中山丹波もちゃんと始末したと、言っただろう。ところがどうだ。中山の死体が見つけられたではないか」

「そ、それは……」

「長治。始末すると言うのは、命を奪った後の亡骸もわからぬように仕舞うことも差すのだ。邪魔者は消せばそれで済んだと思っている。おまえの粗漏な考え、荒っぽいやり口は我慢がならん」

稲左衛門は次第に声を荒らげた。

長治は威圧され、絨毯に頭を埋めた。

「まあまあ、柳屋。長治の雇っている黒田紀十《くろだきじゆう》という男は逸群の使い手だ。死体の始末も心得ておるから、今ごろは用人も倅も死体捨て場のゆき倒れの中にまぎれておる。そうなると、誰も気付かぬわ」

石井が傍らから長治をかばった。

稲左衛門は卓上を、どんと拳で叩き、石井を睨んだ。

「石井さま、高松道久の片付けをどうしてそうなさらなかった。なぜ中山の内儀や丹波を巻きこむような下手な小細工を弄《ろう》された。目付の犬が忽然と消えた。死体も見つからぬ。それだけでよかったのだ」

石井は稲左衛門の剣幕に、ふやけた赤ら顔をいっそう赤らめた。

「中山と、にょ、女房が、薬の抜け荷を嗅ぎつけて、自分らにも稼がせろと、脅してきたから……」

「あのような薬漬けの小者の脅しなど、少し餌を与えてやれば、すぐ飼い猫のように大人しくなる。心中などと愚かな。おまけに性質《たち》の悪い春五郎に五十両の借金手形まで作らせ、己の作為を調べてくれと己で訴えているようなものだ」

石井は顔をそむけ、まだ三十代の半ばにして弛んだ口際を震わせた。

「その結果がどうだ。中山を始末し、高松の用人と倅を斬り、次から次へと、一体何人殺せばこのごたごたは収まるのです」

「しかし……」

萎《しお》れた口調で石井は抗弁した。

「柳屋は越後へいってたからわからんのだ。中山夫婦は、薬のためには仲間を売りかねん連中なのだ」

「石井さま、事をこんなに荒立てて、町方にせよ公儀目付にせよ、何も怪しまずにいると思っておられるのか。われらは、危険と紙一重にいるからこそ富も薬も手に入るのですぞ。慎重すぎるほど慎重に、事は運ばねばならんのです」

言いながら、稲左衛門は諦《あきら》めに似た悔悟《かいご》を覚えていた。

くるべきときがきた、それだけのことだと。

石井彦十郎との交わりは、もう二十数年になる。

武州の四千石の知行地を十代の半ばで継いだ石井は、気位がひどく高い。

いずれは幕府要職に就く器《うつわ》と自らを恃《たの》む自惚《うぬぼ》れが強い気性の裏返しに、小心と自信のなさに密かに怯《おび》える線の細い若き旗本だった。

ある年の夏、飯能、狭山、などの知行地を廻り川越へ寄り道をした折り、石井は持病のひどい頭塞《とうそく》に悩まされた。

それを川越江戸町で薬種問屋を営んでいた柳屋稲左衛門が津軽を処方し治したことが、寄合旗本・石井彦十郎との繋がりの始まりだった。

以来、石井が頭塞の治療薬として津軽の虜《とりこ》になっていくに従い、両者の繋がりは親密さを増し、旗本大家と御用達商人の関係を越えた深い絆《きずな》で結ばれてきた。

一方、稲左衛門は室町《むろまち》の時代に波濤《はとう》を越え、この武蔵《むさし》の地に辿り着いて一家を構えた唐人商人の末裔だった。

天文《てんもん》年間（一五三二～一五五四）、大道寺《だいどうじ》氏が河越城将となって城下を治めていたころ、西大手門の唐人小路と呼ばれた一画へ移り住み、戦国から徳川へと流れる数百年の変遷を潜り抜け、代々柳《りゆう》の家名を受け継いできた誇り高き一門でもあった。

稲左衛門がこの武州の地から海を越えた遠い祖先の地へ渡り、異国との壮大な商いの夢を育んだのは、まだ十歳にも満たぬころだ。

むろんそれは四海を鎖したこの国にあっては所詮夢にしかすぎず、川越の一介の商人として塵界《じんかい》に埋もれる身でしかなかったけれど。

しかしそれでも稲左衛門はよかった。

若いころ、稲左衛門には従順で気立てのいい妻と倅と娘がいた。

流行《はや》り病《やまい》でその妻と二人の子を相次いで失ったのは、三十歳のときだった。

以来、稲左衛門は商いに心血をそそぐことによって、自分も妻や子の後を追って死を望むほどの悲しみに堪えた。

そんな稲左衛門の商人としての日々に、石井彦十郎がどれほどの意味を付与したのか、稲左衛門にも定かにはわからない。

ただ、公儀旗本四千石の威光と結んだからこそ、十五年前、柳屋は武州の小さな町から天下の江戸は日本橋本石町に店を開き、薬種問屋として名の知られた中堅どころの商家に育ちはした。

けれどもそれがなんだ——店は大きくなったが、稲左衛門は虚《むな》しかった。

稲左衛門の心の空虚が満たされることはなかった。

数年前だった。

稲左衛門は不思議な薬・津軽を求めて長崎へ旅をした。

津軽は高価で手に入れることも難しかったが、石井彦十郎が薬を必要としたし、何よりも津軽は仕入れれば必ず捌けたからだった。

稲左衛門は伝《つて》を頼り、長崎唐人屋敷の商人・登秀元《とうしゅうげん》から思っていた以上の薬を仕入れることができた。

だがその折り、登秀元が稲左衛門に新しい商いの話を持ちかけたのだった。

「柳屋さん、同じ国の人。だから信用して話す。儲《もう》かる話です。聞きますか」

稲左衛門は登から、ロシアという北の彼方の巨大な国の事情を教えられた。

ロシアがどのような意図を持って幕府との通商交易を望んでいるか、そして、密かにロシアと商いをする抜け荷の提案を受けたのだった。

「もっといい阿片、もっと沢山、たくさん、手に入る方法ある。阿片ならいくら量多くても、隠して運べる。取り引き、見つからない」

登秀元の誘いに稲左衛門は魅せられた。

阿片の取り引き以上に、北の異国・ロシアとの商いにだった。

ただ、ロシアが取り引きを望む物は公儀内のさまざまな内情だった。

登秀元は、翠《すい》、楊《よう》、青《せい》、というぞっとするほど美しい唐人の女たちを連れてきて、稲左衛門に差し出した。

「取り引きのお礼に、三人の女、あげる。言葉大丈夫。この国で育った。でも支那の武術できる。とても強い。好きにしていい。柳屋さんの言葉に、命かけて従う」

稲左衛門は、翠、楊、青を端女《はした》に拵えて江戸にともなうと、石井に贈った。そして薬の新しい取り引きに誘った。

公儀の内情を知る旗本・石井家の力なくしてはできない取り引きだった。

一方、石井彦十郎は、稲左衛門にすべてを委《ゆだ》ねていた。

稲左衛門が、薬がいくらでも手に入る取り引きだという。

三人の女に狂喜し、薬がなくてはいられない身体になっていた石井彦十郎に、ご法度破りの抜け荷に手を染めることへの逡巡はなかった。

そうして三年前から、登秀元の仲介により取り引きが始まった。

場所は越後柏崎沖のロシア帆船。年数回、取り決めた日の夜、暗い陸から明かりを送り、小船が迎えにくる。稲左衛門は沖に停泊中のロシア帆船に単身乗りこみ、ロシア人商人との取り引きに臨んだ。

初めての取り引きのとき、髯面のロシア人商人を前にして、稲左衛門は熱い感動に胸の震えの収まらなかったことが忘れられない。

仕入れた大量の津軽は、三国街道を越え川越店から新しく建てた江戸向島の寮に運び入れ、腹心の老手代・宗七の仕切りの元、公儀に不審の目を向けられないように広く薄く売り捌いていく。

医師や薬屋の間で、津軽は言い値で捌けた。

それだけではなく、稲左衛門は岡場所を中心に、薬を売った。

女郎や客が薬を欲しがることがわかっていたからだ。

江戸中の岡場所の地廻りなどに渡し、こっそり売らせると、薬は岡場所から江戸の巷《ちまた》へ密かに広まっていった。

稲左衛門は支那で阿片と呼ぶ薬が、人の身体に尋常ではない異変をもたらし、ときには死にいたらしめることを後《のち》に知った。

それがどうした。

人の求める物を売る、それが商いなのだ、公儀などに商いの邪魔はさせせぬ、と稲左衛門は思う。

売り先の岡場所や遊里を仕切るのが、石井が出入りしていた神田多町の廓の主人で、店頭を務める長治だった。

長治は胡散《うさん》臭い男だが、石井のたっての奨めで組んだ相手だった。

稲左衛門は今、長治などと組んだことが間違いだったと思っていた。

絨毯に顔を伏せたまま うずくまる長治の丸い背中に嫌悪を覚えた。

この男が薬欲しさになんでもする中山丹波の女房・絵梨を弄《もてあそ》び、異国との抜け荷のからくりを迂闊にももらした。

それから、綻《ほころ》びが始まった。

だが間違えたのは誰でもない。自分なのだ。

石井は、言葉もなくうな垂れている。

三人の異国の女にかしずかれ、痴態に狂い、薬なくしてはもはや生きてはいけない廃人同様のこの旗本とて、同じ穴の狢《むじな》だ。

たった三年だが、潮時だと稲左衛門は悟っていた。

外は雷雨が止まなかった。

宗七が稲左衛門の胸の内を推《お》し量《はか》るように、穏やかに言った。

「旦那さま、そろそろ店仕舞いですかな」

稲左衛門は、胸の奥の悲しみが、武州の地で数百年続いた柳屋の店仕舞いのときを迎えたからだと、やっと気が付いた。

稲左衛門はギヤマンの碗を呷った。

「今夜のうちに、江戸を離れよう。月末《つきずえ》に越後にロシアの船がくる。それに乗ってロシアへ渡る。伊能図は手に入らなかったが、樺太と蝦夷地の沿海図がある。それがわれらがロシアへ渡る土産になるだろう」

石井と長治が驚愕の顔を稲左衛門へ向けた。

宗七は腕を組み、目を閉じた。

「や、柳屋、ロシアへ渡るとは、ど、どういう意味だ」

石井が問い質《ただ》した。

「ですから、今すぐ船で立てば明日には川越店につける。川越店で旅の仕度を整え、なるべく早く、できれば明後日には越後へ向かうのです。江戸にも、武州にも再び戻ることはありません」

「ロシアなどと、おぬしは戯《ざ》れ言を言うておるのか。わしの屋敷はどうするのだ。使用人はどうするのだ。金は、宝物《ほうもつ》は、おぬしの店はどうするのだ。できるわけがないではないか」

「石井さま。すべてを捨てるか、ご自分の命を捨てるか、どちらかですぞ。目付の手が、すでに旦夕《たんせき》に迫っていると、考えるべきでしょう」

「目付は、何もわかっておらぬ。抜け荷の証拠は、ど、どこにもないではないか」

「高松道久なる士を使い、石井さまを探らせたこと事態、目付の探索が迫っていることの何よりの証しではありませんか。ましてや、中山丹波の死体が見つかり、さらに長治の岡場所で高松家の用人と倅が姿を消すのです。もはやこれまでです。江戸に残り打ち首獄門になりたければ、好きになされませ」

石井は卓の縁を両手でつかんで震えた。

天井を仰ぎ、苦しげな、泣き叫ぶような呻き声をあげた。

二

渋井鬼三次と手先の助弥は、手拭を頬かむりに柳屋稲左衛門の向島小梅村の寮へ忍びこんでいた。

夕刻、黒く厚い雲からぽつりぽつりと雨が降り出したかと思うと、たちまち豪雨となり、稲光が走り、雷鳴が天地をゆるがし始めた。

それでも渋井が寮を離れなかったのは、主の稲左衛門のほかに、旗本・石井彦十郎らしき侍が、三名の供連れで寮にきていたからだった。

中山丹波の死体が見つかった後だ。

神田川の心中の一件や、唐木市兵衛と医師の柳井宗秀が言っていた阿片という薬にまつわる何かの密談が聞けるかもしれないと、渋井は考えた。

渋井と助弥は大胆にも寮の母屋の床下へ忍びこんだ。

激しい雷雨が、忍び足をうまい具合に消していた。

暗がりの中に話し声が聞こえ、渋井と助弥は声のする方へ床下を這っていった。

そして、二人が這っていった暗がりの真上の部屋で、柳屋稲左衛門らしき人物を中心に、四人の男が交わす話を盗み聞いた。

「聞いたか」

「連中、どっか異国へ逃げる話をしてやしたぜ」

「ロシアだ。どうやら越後に船がくるらしい」

「今夜中に江戸を立つ気配でやしたね」

「ああ。明日は柳屋の川越店だ。明後日、川越から越後へ立つ気だ」

二人は床下の暗がりでささやき交わした。

「こいつあぐずぐずしてられねえ。いくぞ」

「へい」

渋井が縁の下から激しい雷雨の庭へ出たときだった。

三人の侍が稲光の中に立っていた。

仮面を着けたような白い顔が、渋井を取り囲んで雷雨と一緒に笑っていた。

あっ、と渋井が気付いた瞬間は、もう遅かった。

三方同時に白い姿が舞ったかと思うと、渋井は刀を抜く間もなく、肩と背中、額に激しい衝撃を受けた。

渋井の頭の中が真っ白になり、雷や風雨の音が忽然《こつぜん》と断ち切れた。

渋井は一瞬、何かの夢を見たが、それもすぐにかき消えた。


渋井に従っていた助弥は、縁の下の暗がりに身を縮めた。

息を殺し、震えながら神仏に祈った。

渋井を斬った侍たちが縁の下を覗きこんでいた。

稲光がまた走ると、侍たちの後ろに横たわる渋井の身体が見えた。

障子戸の開く音がし、男の声が聞こえた。

「何事だ」

「この黒羽織は町方のようです。屋敷を探っていましたので、斬り捨てました」

答えた侍が、女の声だった。

「ひとりか?」

助弥はぞっとした。

「ほかには、見当たりませぬ」

侍たちは刀を納めながら言った。

「いいだろう。死体をこちらへ運べ」

二人の侍が渋井の両手をつかみ、ぐったりとなった黒羽織の身体を引きずっていくのが見えた。


広い土間の石畳に渋井の雨と血に濡れそぼつ四肢が投げ出された。

土間に接した板敷に柳屋稲左衛門と左右に石井彦十郎と手燭を掲げた長治が立ち、横たわる渋井を見おろしていた。

土間には若衆髷の、翠、楊、青、の三人が水浸しの白い顔を魍魎《もうりょう》のように歪め、渋井を囲んで立っていた。

ほどなく、土間の奥から手代の宗七が畚《もっこ》を携え、手燭をかざして現れた。

宗七は畚と手燭をおき、渋井の身体や懐を調べ始めた。

黒鞘の大小二本、三つ折りの唐桟の財布、根付けをさげた煙草入れ、印籠、それに帯の後ろに挟んだ朱房付きの十手が、ちゃりんと石畳に投げ出された。

「町方も目付も、両方動いている。そう思って間違いない」

稲左衛門が言った。

「死体は絶対見つかってはならん。宗七、海へ沈めろ」

「承知、いたしました」

宗七が渋井を抱えにかかった。

「長治、おまえも手伝え」

稲左衛門が命じ、長治は「へい」と手燭をおいた。

長治が土間へおりた。

と、その後ろから稲左衛門が太い腕を首筋に巻き付けた。

あっ、と長治が叫び、稲左衛門の腕から逃れようと抗った。

しかし、太い腕は長治の首をぎしぎしと締めあげ、力に任せて引きあげた。

長治の歪んだ口から赤い舌と一緒に、ががぁ、ががぁ、と息がもれ出した。

宙に浮いた足が痙攣《けいれん》するように、ばたばたともがいた。

手は稲左衛門の太い腕を引っかいた。

稲左衛門は長治の痘痕面を厚い胸の高さまでぶらさげたまま、片方の手で長治の頭をひと押しに押し曲げた。

鈍い音とともに首は歪に折れ、長治の四肢がだらりと垂れた。

渋井の廻りの三人の女と宗七が、呆然と稲左衛門と長治を見あげていた。

「や、柳屋、何を、な、なぜだ」

石井彦十郎がたじろいで言った。

稲左衛門は長治の死体を土間に落とし、宗七に言った。

「これも、一緒にだ。捨てるとき、止めを刺すのを忘れるな」

そして石井へ豪農の主を思わせる顎骨のごつい顔を向け、続けた。

「長治はもう用なしです。邪魔なだけだ。こんな男をロシアへともなっていけるとお思いですか」

石井は小刻みに首をふって、震えた。

三人の女が畏怖の目を稲左衛門へ投げていた。

「宗七、急げ。翠、おまえは宗七といって死体を捨ててこい。楊、青、おまえたちはここを引き払う支度だ。よけいな荷物はすべて残す。ロシアで暮らす金銀と身の廻りの物だけだ。宗七らが戻ってきたらすぐ出発できるように備えろ」

渋井の身体は、長治の骸《むくろ》と抱き合わせにされ畚に入れられた。

長治の痘痕面は暗くて見えないが、渋井はかすかに甦った意識の片隅で、長治の冷たい身体を死神に取り憑かれているのだと思った。

どうやら船に乗せられ、どこかに運ばれているようだった。

櫓を漕ぐ音が軋んでいた。

渋井は、三途の川を渡っているのだろうと思った。

渋井は悲しみはしなかった。こういうくたばり方は、ある程度、覚悟していたことだったからだ。

三途の川にも雷が鳴っていた。

亡者の話し声も聞こえた。亡者は男と女らしかった。

やれやれ、一巻の終わりか。

そう思ったとき、刃が畚を通して死神の背中にぐさりと刺さった。

何だよ、止めかよ。三途の川の亡者も止めを刺すのかよ。

死神から刃が抜かれた。

次に渋井の胸に突き立てられる。

くう、と渋井はうなり声をあげ、雷がそれをかき消した。

だが、死神が渋井を守ってくれた。

死神の頭が渋井の胸に重なっていて、突き立てられた刃は死神の頭を貫き通し渋井の胸に食いこむぎりぎりのところで止まったのだ。

渋井は三途の川の半ばにいながら、それでもほっとした。

ほっとしたのも束の間、渋井と死神の入った畚がふわりと浮きあがり、空を飛び、三途の川に投げ捨てられたのがわかった。

暗闇の中で畚に染みこむ水が渋井の顔に降りそそいだ。

すぐに息ができなくなり、渋井は泡を吹いた。

わけがわからなかった。

おれは生きてるのか、死んでるのか。

渋井は漆黒の水の中でもがき、再び頭の中が白くなった。

そのとき畚が、ざざざ……と引き裂かれた。

暗闇に青っぽい明るみが差し、渋井の目の前が音もなく開けた。
黒い影が渋井の襟首をつかんで畚から引き出した。
引き出されながら、渋井は最後の泡を吹いた。
苦しみも痛みも薄れていた。
と思った次の瞬間、渋井の顔は三途の川の水面に、ぶはっと浮きあがった。
助弥が渋井の耳元で叫んでいた。
「旦那、だんなあ、しっかりして、おくんなせえっ」
雷が遠くで鳴り、雨は止んでいた。
雲が切れ、星空が見えた。
渋井は、冥土《めいど》へついたんだなと、思った。

三

裏神保小路高松家の台所の板敷に唐木市兵衛と安曇が向かい合い、大原が二人の脇に着座し、市兵衛の話に頷いていた。

清助が竃に薪をくべ、おきねは市兵衛の濡れた着物と袴を乾かしていた。

市兵衛にはその袷の着物しか、なかったからだ。

市兵衛は帷子《かたびら》ひとつで、総髪の濡れた髷を解いて後ろで束ね、それを背中に垂らしたままにしていた。

夜半近くなり、雷雨が止んで外は静まりかえっていた。

市兵衛は安曇との間の板敷へ視線を落とし、今日の経緯を報告していた。

また、目付・片岡信正の私邸へ頼之とともに赴いたことは伏せて、高松道久が相対死ではなく、旗本・石井彦十郎、薬種問屋・柳屋稲左衛門、神田多町の長治という男らの企てた抜け荷の探索のさ中に殺害された事情を明かした。

安曇も大原も、事情の重大さと意外さに呆れ、声を失っていた。

「まさか、あの石井さまが、そのような邪謀に荷担していたとは……」

大原が深い溜息とともに呟《つぶや》いた。

市兵衛は、そのことは頼之も知っており、ただ、今はまだそれ以上は話せない段階である状況を説き、板敷に手をついて続けた。

「しかし、いかなる事情がありましても、頼之さまを危険な場所にお連れしたことはわたしの落ち度です。申しわけ、ございません」

「どうぞ、唐木さん、手をあげてください。頼之から聞きました。よくあの子を守ってくれました。心からお礼を申します」

市兵衛は手をあげられなかった。

頼之の無事に安堵しつつも、取りかえしのつかないことになるところだったと、己の判断の過ちを悔いていた。

「頼之は、唐木さんと一緒だったから恐くはなかったと申しております」

「いやいや何にしても、頼之さまがご無事で何よりでござった」

大原が慰めるように言い、膝を打った。

「熱が少々ありますが、頼之はあれで身体の芯《しん》の強い子ですから、ひと晩暖かくして休めば大丈夫と思います」

「それに、笠も履物もなくしてしまいました」

市兵衛と頼之は豪雨に濡れ鼠になり、履物もなく帰ってきた。

「いいのですよ。唐木さん、お嫌でなければ、これをお召しになってください。亡くなった夫の物ですが」

安曇が渋茶の袷に、濃い鼠色の袴や黒足袋を広蓋（盆）に用意していた。

「それにしましても、頼之が興奮して申しておりました。凄まじいお働きだったそうで、ございますね」

「さようさよう。先だっての春五郎の店《たな》を訪ねた折りもそうでござった。動きが早すぎてそれがしには何をどうなされたのかよくわからん、そんな感じでござったな」

と、そのときだった。

勝手口に立てた板戸を激しく叩く音が、台所の緩やかな気配を騒がせた。

続いて男の声が板戸の外で叫んだ。

「夜分、恐れ入りやす。北町奉行所廻り方・渋井鬼三次の手先を勤めやす助弥と申しやす。渋井の旦那の至急のご用を、唐木市兵衛さんにお伝えするためめえりやした。唐木さんにお取り次ぎを願いやす。申し、もうし」

だんだんだんだん、だんだんだんだんだん……

板戸が緊迫を孕《はら》んで叩かれた。

安曇が頷き、清助が板戸を開けた。

すると裾端折りの着物も股引も髷も、じっとり濡れた助弥が土間へ飛びこんできて、板敷の市兵衛を見つけるなりあがり端へ縋り付いた。

助弥は長い道のりを駆けづめに駆けてきたらしく、息を大きく喘がせつつ、

「市兵衛さん、し、渋井の旦那が、斬られたあ」

とやっと絞り出したが、後が続かない。

「おきね、水を、水を飲ませてあげなさい」

安曇が言い、おきねが慌てて水を汲んだ椀を持ってくる。

市兵衛は土間へおり、助弥の濡れた肩を起こした。

「何があった。渋井さんが斬られたとは、どういうことだ」

「柳町の、柳井先生のところで、手当てを受けて、いやす。あっしは柳町から……」

「柳町からここまで駆けてきたのだな。それで、渋井さんの容態はどうなんだ」

「わかりやせん。けど深手でやす。ひどい。見ちゃあいられなかった。向島の柳屋の寮で……相手は三人、侍の形をした女でやした」

助弥は市兵衛の袖をつかんだ。

「市兵衛さん、よおく、聞いてくだせえよ。柳井先生が口をきいちゃあならねえってえのに、旦那があっしに、どうしても市兵衛さんに伝えろって、仰るんでさあ」

「柳屋の寮で、何かつかんだんだな」

助弥はしきりに頷いてまた水を飲んだ。

「やなやな、柳屋が、江戸をずらかりやす。お目付の手が迫ってるからと」

それから助弥は、柳屋の寮の床下で聞いた一部始終と、斬られて畚に入れられ佃《つくだ》島《じま》近くの海に捨てられた渋井を助け出し、柳井宗秀の医家へ運んだ経緯を語った。

「多町の長治は、用なしだと柳屋に始末されやした。柳屋は、石井という旗本の仲間らと、異国船に乗って逃げる算段をしておりやす」

「異国船とは、ロシアの船だな」

「へい。そんな名でやした。越後からと、聞きやした」

「なぜご番所に知らせぬ」

「渋井の旦那があっしに仰ったんでさあ。やつらの始末は市兵衛に頼めって。ご番所や目付に手柄ぁ取られるんじゃねえぞって、偉そうなやつらの鼻ぁ明かしてくれって、この世のおれの最後の頼みだって、市兵衛にそう言えって」

安曇と大原は助弥の話に驚き、口も挟めなかった。

「わかった。ご苦労だった。だが助弥、その話、今一度そっくりそのまま、諏訪坂の目付・片岡信正さまに伝えて欲しいのだ」

助弥が、ええっ？　という顔をあげた。

「渋井さんの存念はよくわかった。だが、この一味はもはや、わたしひとりの手に負える相手ではないし、手柄などにこだわっているときではない。時を失すれば一味を取り逃がすことになりかねん」

市兵衛は安曇に視線を廻らせ、言った。

「そうなれば、高松道久さまの無念もそそげません」

安曇が大きく頷いた。

市兵衛は大原に向いた。

「大原さん、お願いがあります。助弥とともに諏訪坂のお目付・片岡さまの屋敷へ急ぎ、助弥が今の話を信正さまに直々に伝えられるよう計らってもらいたい」

「承知した。が、わたしごときがお目付の片岡信正さまに取り次いでもらえるかどうか、自信がござらんのう」

市兵衛は、おきねの乾かしていたまだ湿っぽい袷と袴を竈の前で手早く身に着けながら言った。

「大丈夫。小人目付・返弥陀ノ介の懇意の者で、高松家用人・唐木市兵衛こと才蔵の使いと仰れば通じます。才蔵はわたしの幼名、目付・片岡信正はわが兄です」

市兵衛は板敷の二刀を、がしゃりと鷲づかみ、助弥の前に屈んだ。

「助弥、疲れておるだろうが、もう一走り頼む。事はおまえの知らせにかかっている。わたしは渋井さんに会ってくる」

助弥は、きょとんとした顔を頷かせた。

「大原さん、頼みましたよ。奥さま、急いで戻ってまいります」

と市兵衛は、ただもう唖然としているばかりの安曇と大原、清助おきね夫婦を残して表へ飛び出ると、夜の巷に、だだっと風を巻きあげ駆け去った。

四

市兵衛は、小川町の武家地から神田、日本橋、日本橋南の町地を駆け抜けた。

途中、二、三の辻番や自身番で呼び止められたが、

「急病人ゆえ医者へまいる。ごめん……」

と駆けながら言い捨て、雨上がりの夜の巷を急ぎに急いで、京橋の医師・柳井宗秀の表引き戸を潜るまでに、四半刻（約三十分）もかからなかった。

渋井鬼三次は顔や肩を晒しの包帯でぐるぐる巻きになり、診療場の隣の座敷に寝かされていた。

包帯には血が浮き、痛みを堪えかねて呻き声をあげている渋井の傍らで、宗秀が暗い顔付きで見守っていた。

「渋井さん」

市兵衛は断わりもそこそこに座敷へ飛びこんだ。

「おお唐木か。わざわざきたか」

「先生、容態はどうなのです」

「わからん。傷口はすべて縫ってできるかぎりの処置はしたが、後は本人次第だ。今日明日が山で、それで持つか持たんかはっきりするだろう。とにかく傷が深い。血が止まらんのだ」

　宗秀は腕を組み、後はただ見守るしかないという様子だった。

　市兵衛は渋井の包帯だらけの顔に顔を近付け、ささやきかけた。

「渋井さん、話は助弥から全部聞いた。委細承知した」

　すると、包帯の間からのぞいた目が市兵衛を見つけ、涙で潤んだ。

「おう、市兵衛か。てめえ、こんなところで何してる。やつら、川越だ。さっさと川越へいきやがれ。と、取り逃がすんじゃ、ねえぞ」

「鬼しぶ、口をきいちゃあいかん。傷に障る」

「てやんでい、藪医者。こっちは命よりでえじな、よ、用なんだ」

　渋井は呻き声と交互に発した。

「いいか、やつらに、殺された高松やら中山らの恨みを、晴らしてやれ。それから、やつらに、この痛みの腹癒《い》せをしてくれ。痛てててて……」

市兵衛は、うんうん、と頷いた。

「連中の中に、妙な剣を使う三人がいる。もしかしたら、女かもしれねえ。侍の剣術じゃねえ。よくわからねえ剣だ。けど凄腕だ。気を付けろ」

「大丈夫だ。任してくれ」

「頼んだぜ。おめえが、やつらの始末をつけて、目付や町方の、は、鼻を明かしてやるんだ。遅れを、遅れを取るんじゃねえぞ」

「わかってる。安心して傷の養生に励め」

「き、吉報を待ってるぜ。手柄立てたら、おれのお陰だから、一杯、おごれよ」

「いいとも。喜楽亭でやろう」

「もも、もっと上等な、料亭がいい」

「渋井さんのいきたい、一流の料亭に招いてやる」

「ならいい。もういけ。川越だ。川越で取り逃がしたら、越後まで追っかけろ。やつらをロシア船に、乗せるんじゃねえぞ。いけ、早くいけ」

市兵衛は一ツ橋御門の河岸場から猪牙をおり、夜明け前の裏神保小路を走った。

これから身支度を整えすぐ立ち、急げば川越には明日昼には着ける。

諸国を遍歴した数年の経験から、市兵衛には自信があった。

兄の信正や弥陀ノ介は、どういう手筈を取るだろう。

しかし市兵衛は、ひとりであっても柳屋たちを越後まで追う腹積もりだった。

柳屋の豪農の主を思わせる、どこか思慮深げな風貌が甦った。

稲左衛門、おまえはなぜ抜け荷などに手を染めた。

異国との高が阿片の商いが、人を殺め、公儀の法度を犯し、無辜《むこ》の人々に災いをもたらし、あまつさえ、己の身を罪人に貶《おとし》め、柳屋の店を打ち捨てるほどの値打ちがあったのか。

異国との阿片の商いの、何がそこへおまえを駆り立てた。

市兵衛は、柳屋稲左衛門という男と、今一度相対し、それを訊ねたかった。

屋敷へ戻ると玄関先に馬が二頭、繋がれており、返弥陀ノ介が式台の前の敷石に座り、柱に寄りかかって手持ち無沙汰を囲っていた。

「よう。戻ってきたな。すぐ支度をしろ。頭がお呼びだ。川越まで馬でいく」

弥陀ノ介は菅笠をかぶり、短軀に黒のたっつけ袴だった。

襟首に鎖帷子《くさりかたびら》がのぞいている。

「心得た。すぐ支度をする」

勝手口へ入ると、大原が戻っていて、清助おきね夫婦も起きていた。

安曇が奥から現れ、

「お戻りなされませ。返さまからうかがいました。支度のお手伝いをいたします。どうぞこちらへ」

と市兵衛を客座敷へ招いた。

座敷には、出かける前に用意してあった渋茶の袷に、濃い鼠色の袴や黒足袋のほかに、麻裏の鎖帷子、黒の籠手《こて》に臑当《すねあて》、額鉄《ひたいがね》、さらに石目と黒の塗りわけ鞘に黒の捻糸をひねりに巻いた柄の大小、そして真新しい菅笠が広蓋に重ねられている。

「唐木さん、どうぞこれを使ってください。亡き夫の道具と刀です」

安曇は畳に手をついた。

「わたしどもの代わりに仇を討っていただきたいと、申すのではありません。命があれば、夫がお目付に従い向かうはずであったお役目です。相手を討つにせよ捕えるにせよ、唐木さんにこの出立《いでた》ちで存分に働いていただければ、夫への何よりの供養となりましょう。どうか、頼之とわたくしのためにも、お願いいたします」

市兵衛は片膝をついた。

そのとき、頭を落とした安曇の黒髪が、かすかに甘く匂った。

「お手をおあげください。この道具、この刀、喜んで使わせていただきます」

市兵衛が黙々と着替えを始めると、安曇が甲斐がいしくそれを手伝った。

鎖帷子に渋茶の小袖を重ね、濃い鼠の袴の裾を臑当でぎゅっと絞り、額鉄、黒足袋に黒籠手、腰に黒鞘の二本を帯びた隆とした出立ちが安曇の胸を締めつけた。

安曇は再び畳に手をつき、頭を垂れた。

「玄関からどうぞ。そちらに履物をご用意しております」

玄関では大原ひとりが見送るために控え、一礼した。

奥方は表玄関には出ない。それが武家のしきたりである。

市兵衛は草鞋を締め菅笠をかぶり、弥陀ノ介の渡す黒葦毛の手綱《たづな》を取った。

「頭は手の者と先に川越へ向かわれた。手筈は向こうで」

だが市兵衛が鞍に跨ったとき、安曇と提灯を提げた清助おきねが庭の定口の方から現れ、馬上の市兵衛と弥陀ノ介を見送った。

「ご武運を」

安曇が市兵衛を見つめて言った。

市兵衛は玄関先の敷石に蹄を、かっ、かっ、と鳴らしながら、

「必ずや、高松の名に恥じぬ働きをいたします。ごめん」

と言い残し、弥陀ノ介に続いて門を潜り夜明け前の小路に馬蹄を響かせた。

途中、弥陀ノ介が振りかえって言った。

「美しい奥方だな。あの目はおぬしに惚れておるぞ」

笑った弥陀ノ介の顔は、夜目に定かでなくとも不気味だった。

市兵衛は弥陀ノ介にはかえさず、馬の腹を「どう」と蹴ると、黒葦毛が白い息を吐いて勇ましくもいないないた。

五

その夜、松平家川越城下札《ふだ》の辻《つじ》から喜多《きた》町を北へ取った志多《しだ》町東明寺《とうみょうじ》の庫裏《くり》の一室に、片岡信正、返弥陀ノ介、ほかに公儀小人目付の二人、川越藩町奉行伊賀《いが》役・広《ひろ》沢孫太夫《さわまごだゆう》、その端に唐木市兵衛が連なって、城下の地図を囲んでいた。

西大手前の江戸町、本町木戸向かいに改《あらため》がある南方往還《おうかん》の一画に構えた柳屋の本店とも言うべき川越店は、伊賀役の手の者が密かに見張り、動きがあれば、知らせがすぐさま東明寺へ届く手筈になっていた。

小路に面した店表の連なる町の様子は普段と変わらず、日が暮れて諸問屋の人馬の継ぎ立ての賑やかさも収まって、道ゆく人影も途絶えていた。

日が暮れてからの伊賀役の報告は、柳屋に新たな動きは見られず、稲左衛門らの出立はおそらく明日未明以降、というものだった。

頭の信正は川越藩に、柳屋稲左衛門及び公儀旗本・石井彦十郎とその配下らの捕縛の協力を求めたが、策動の隠密を計るため、手をくだすのは信正ら公儀の手の者らが当たる旨《むね》を伝えていた。

また、大手門前を騒がし近隣町家に騒動が及ぶ事態を避ける必要があり、柳屋店を急襲するのではなく、稲左衛門一行が越後逃亡を謀って城下を出たところで捕えるという策を申し出ていた。

事情を知った川越藩町奉行は、信正らの意向を了承し、後詰めとして役人を出動させる手筈を取った。

伊賀役・広沢孫太夫は近隣の道筋に詳しく、城下外のどの地点で稲左衛門らを待ち受けるか、場所を決める協力に遣わされた年配の侍だった。

「越後ならば松山《まつやま》から熊谷《くまがや》へ出て、中山道《なかせんどう》を取るのが最短でござるゆえ、彼の者らがわれらの動きに気付いておらねば、必ず、この道筋を取るでござろう」

二台の蠟燭《ろうそく》立ての火が照らす地図上を、広沢孫太夫は皺だらけの染みの浮いたごつい指先で辿った。

「ここがわれらのいる東明寺。この東明寺口から志多町の坂をくだると町木戸がござる。木戸を出ると、前方に赤間《あかま》川、左手は畑地と薮があり竹垣、右手は番所の石垣と枳殻《からたち》の垣根が塞《ふさ》いでおります」

「ここは広いのですか」

信正が木戸の外を指した。

「荷駄を運ぶ馬や旅人、行商などが番所の順番を待つことがござるゆえ、小広い空き地になっております」

信正は頷いた。

「赤間川には東明寺橋が架かっており、この道が熊谷道でござる。橋を越えますと小久保村の神明の林で、堤際に辻堂が建っております。そこに身を潜めて待ち受けるのがよろしいかと思われます」

信正や弥陀ノ介が赤間川の川幅、東明寺橋と周辺の地形を細かく訊ねていた。

壁に凭れていた市兵衛は、近くの窓へ手を伸ばし、引き戸を二寸ほど開けて夜の帳《とばり》のおりた境内《けいだい》に眼差しを投げた。

秋の終わりの寒気が、暗がりを森々と包んでいる。

本堂の前に銀杏《いちょう》の巨木がそびえ、色付いた葉群の先端に欠け始めた月が白々とかかっていた。

市兵衛は刀を取り、立ちあがった。

「どこへいく」

みな一斉に市兵衛を見あげ、信正が訊いた。

「月明かりがあります。東明寺橋の周辺を見ておこうと思います」

「それがしもまいるっ」

弥陀ノ介が、分厚い短軀をはじかせた。


稲左衛門は、格子戸の立つ店土間をあがった帳場に座っていた。

帳場格子が囲う台に大福帳が開かれており、稲左衛門はその帳面とともにあった遠い過去の商いや暮らしを愛しむように、一枚一枚繰っていた。

帳場のわずかに開けた明かり窓から、屋根瓦にかかる秋の終わりの月が、白々と見えていた。

この唐人小路の店を建て替えたのは、祖父の代だった。

稲左衛門はこの家で生まれ、育ち、商いを学び、家業を継いだ。

この家に妻を迎え、二人の子ができた。

この家で稲左衛門は、商人としての多くを得たが、また祖父母、父母、そして妻子を失ったのもこの家だった。

そして今、遠い異国の柳《りゅう》家の血を継ぎ、室町のいにしえより武州の地に根を張り、商いを守り続けてきた柳屋が今宵を限りに、終わろうとしているのだ。

何ということだ。

稲左衛門はその儚さに、胸を苛《さいな》まれていた。

店土間の格子戸の外に、青白い月明かりがぼうと降っていた。静かで、犬の遠吠えも今宵は聞こえなかった。

からころと下駄の音がして、間もなく六十に手が届く宗七が戻ってきた。

「ただ今、戻りました」

宗七は帳場の稲左衛門に言い、寂しく笑った。

「ご苦労だった。遅いので心配したぞ」

「見納めですので、城下をひと廻りしてまいりました」

「そうか。ひと廻りしたか。町の様子はどうだった」

「静かでした」

そう言って宗七は店土間から帳場のあがり端に腰をおろし、稲左衛門に広い背中を向けた。そして、

「静かすぎます」

と、ひとつ、溜息をついた。

店は日が落ちてから、通いの番頭や手代が帰宅し、住みこみの小僧、下男下女らはそれぞれの大部屋で休んでいる。

静けさの中に、とき折り、若い下女らの笑い声が流れてきた。

稲左衛門は、江戸店の頭取と川越店の大番頭に、店を仕舞うことと、雇い人にはできる限り金を渡すようにと後の処置を指示した手紙を残して旅立つ手筈を整えていた。

川越店には置き手紙をし、江戸店へは飛脚便を頼んだ。

宗七は、本町の飛脚屋へその使いにいった帰りだった。

店の者には商いの旅に出るとだけ伝え、明日未明、店の者が起き出す前に出立する段取りだった。

「石井さまは、もうお休みですか」

「ああ。旅支度の間は不機嫌だったが、津軽を翠らと吸うと機嫌が直って、今はぐっ

すりと。昨日からの慌ただしさで、疲れたのだろう」

ふん、と宗七の肩が笑った。

「明日は早い。おまえもそろそろ休め。間違いなく、厳しい旅になる」

宗七は沈黙していた。

「旦那さま、わたしは、越後でお暇をいただきます」

宗七の丸めた背中が言った。

稲左衛門は、その丸い背中を静かに見つめた。

「旦那さまが、無事、ロシアの船に乗られるのを見届けてから、わたしは出家し諸国を廻るつもりでおります。旦那さまが異国で、商いをみごとやり遂げられること諸国の寺に祈願し、ご隠居さまと先代の菩提を弔う旅をするつもりでおります」

稲左衛門は大福帳を閉じた。

宗七は続けた。

「わたしは、身寄りがなく、物心ついてすぐ柳屋の小僧になり、ご隠居さまと先代に育てられ、商いを仕こまれ、それから旦那さまに仕え、柳屋ひと筋に生きてまいりました。柳屋はわたしの命も同然でしたから、柳屋の店仕舞いとともに、わたしも生き仕舞いをいたそうと、思うのです」

生き仕舞い、という言葉を稲左衛門は反芻《はんすう》した。

おまえはわたしの師であり、兄も同然の生涯の友だった。

誠に、まことに、ご苦労だった、と稲左衛門は心の中で礼を言った。

「そうか。最後まで、一緒にきてはくれんのだな」

すると宗七は、ゆっくりと振りかえり、同じくらいゆっくりと頷いた。

「これから後は、わしの魂が、旦那さまのお供だで」

と武州訛《なま》りで言い、慈愛《じあい》に満ちた笑みを稲左衛門にそそいだのだった。

六

赤間川は幅八間ほどの小さな川だった。

川越台地の裾を、西から北、東へ囲むように流れるその赤間川に、小橋の東明寺橋がひっそりと架かっている。

凍てついた寒気が大地の底を蛇行する川面を覆い、小久保村の神明の木々は未明の暗がりに隠れて息を潜めていた。

東明寺口から川越台地北端のなだらかな坂道をくだったあたりに、番所の木戸が立てられ、東明寺橋を渡る手前の南側で街道を塞いでいた。

木戸脇に藁葺《わらぶ》き屋根の番所が建ち、番所の前の常夜灯に薄い明かりが灯っていた。

その常夜灯の薄明かりが、両開きの木組みの木戸と、道幅四、五間の道、木戸から東明寺橋までの竹垣と枳殻《からたち》の垣根に囲われた狭い空き地を、おぼろに浮かびあがらせていた。

東明寺橋を北に渡って神明の林と村を抜ければ、街道は松山から熊谷へと通じている。

暗がりの彼方から、どこかの百姓家の一番鶏の鳴き声が聞こえた。

川越城下の時の鐘が明け七ツ（午前四時頃）を報せる前だった。

折りしも、早立ちの旅人の一行が坂をくだり、木戸へ近づいていた。

まだ暗い坂道をくだってくる一団のかすかな影が暗がりの先に浮かび、馬の蹄《ひづめ》と数名の人の足音だけが、あたりの静寂を乱していた。

番所から出てきた塗り笠に黒羽織の番士と、六尺棒を持った二人の木戸番が、常夜灯の傍らへ立って黒い影の一団を待ち受けた。

番士は、川越町奉行所伊賀役・広沢孫太夫だった。

ほどなく一団は坂をくだり、常夜灯の明かりに照らされた。

商人らしき一団が六名、縞や紺無地の地面に届くほど長い廻し合羽と、菅笠で姿を隠していた。

前の二人は中背の分厚くどっしりとした身体付きで、後ろの四人は背が高く、廻し合羽をまとっていてもすらりとした痩身がわかった。

最後尾の男が荷駄の馬を引いている。

孫太夫は道の中央へ歩みながら、ふと、常夜灯の明かりの中に漂っている脂粉《しふん》の香を嗅いだ。

一団は木戸の手前までくると、先頭の男が笠を取り孫太夫の前へ歩み出た。

常夜灯の明かりが、顎骨の太い大ぶりな目鼻立ちの男の顔に深い影を刻んだ。

「お役目、ご苦労さまでございます。わたくし、ご城下江戸町におきまして薬種問屋を営みます柳屋の主・稲左衛門でございます。ただ今より越後へ商いの旅に赴きますため……」

稲左衛門は腰を折って名乗り、総勢六名の通行手形を孫太夫に差し出した。

「おお、柳屋か。商いで越後へか。毎度、ご苦労であるな」

孫太夫は言った。

城下で薬種問屋を営む柳屋稲左衛門と言えば、知らぬ者はない。

城下に出入りする旅人を監視する番所では、柳屋稲左衛門の一行には表向き通行手形を確かめる形式を取るだけで、番所を通すのが通例だった。

孫太夫は手形を見て、ちらりと後ろの五人に目を投げたが、すぐに手形を稲左衛門へ戻した。

「よかろう。通れ」

稲左衛門は落ちついた笑みを浮かべ、孫太夫へ商人らしくまた腰を折った。

木戸番に指示をし、木戸を開けさせた。

木戸が両開きに開かれた。

黙々と木戸を通っていく六人を目で追いながら、孫太夫は暗がりに鎖された東明寺橋の方へ顔を向けた。

橋の手摺りらしき影がぼんやり見えるものの、川向こうの神明の祠《ほこら》や木々は闇にまぎれて見えなかったし、人の気配もうかがえなかった。

ただ、最後尾の男が手綱を取る荷駄の馬が、何かを感じるかのように鼻を鳴らし、首をしきりに上下させていた。

稲左衛門は番所の侍の対応が、いつもと違っていることに気付いていた。

いつもなら、稲左衛門の顔を見ただけで顔見知りの番士が会釈を寄越し、手形を確かめることもなく、木戸番は言われずとも木戸を開け通してくれる。

顔見知りの番士ではなかった。

人が替わり、やり方が少し変わったのだろうかと思った。

いつもより通行手形を念入りに見ていた。

通行手形は、町名主に急な商いの用で旅に出ることになったと伝え、昨日のうちに作らせた物である。

昔から稲左衛門と顔馴染みの名主は、稲左衛門が越後へ旅に出ることはよくあるので、別段、怪しみはしなかった。

ただ、供の手代の人数がいつもより多いことと急な願いが少し気にはなったようだったが。

星空はまだ黒々と広がり、西の果てに落ちそうな弦月が霞《かす》んで見えた。

後ろで木戸が閉じられる音に振りかえった。

木戸番ががたごとと木戸に閂《かんぬき》を差している。

塗り笠の侍が木戸の向こうで仁王立ちになって、稲左衛門一行を見ていた。

そのとき、明け七ツの時の鐘が、城下から聞こえてきた。

初めに予鐘が打たれ、それから鐘七ツの報知が始まる。

稲左衛門は夜空を見あげ、東明寺橋へ眼差しを戻した。

すぐ東明寺橋へ差しかかる。

橋の両側を、川面や汀が黒い淵を穿《うが》っていた。

だが稲左衛門は、橋板を踏んで数歩進んだところで立ち止まった。

橋の北詰めに数個の人影が、橋を塞ぐように立っているのが見えたからだ。

振りかえると宗七と目が遭い、宗七はすでに気付いているらしく、菅笠の下でこくりと頷いた。

いつの間にか、木戸の向こうの侍の数が増えていた。あの侍たちは、番所につめていたのだろう。六尺棒を持った木戸番が左右に走っていた。

「ちっ」

稲左衛門は舌を鳴らした。

翠、楊、青、の三人が気付き、菅笠の下で爛々と燃える目を稲左衛門に向けた。

稲左衛門は橋板を踏みしめすっと佇み、北詰めの影の動きを見守った。

影の中の真ん中に立った男が暗い静寂に、太いけれど冷静な語調を響かせた。

「公儀目付・片岡信正だ。江戸本石町薬種問屋・柳屋稲左衛門、並びに公儀旗本・石

井彦十郎、両名にご用の詮議がある。神妙にいたせ」

稲左衛門は影を見て、いい声だと思った。

こいつがおれを追っていた者らの頭目か。

やがてその影の両脇から、二人の男が速やかに前へ進み出た。

ひとりは長身瘦軀が闇を縫うように、ひとりは歪な体軀をさらに縮め、地を這うようにだ。

「柳屋稲左衛門、後ろにいるのは石井彦十郎、覚えているか。高松家用人・唐木市兵衛だ。おぬしらの所業の始末、義によって請け負った。いざ」

やはりこの男がきたかと、稲左衛門は闇を透かして見覚えのある唐木市兵衛の激しく、それでいてどこかしら物静かな表情を睨んだ。

「覚えていますよ、唐木さん。義などと埒《らち》もない。所詮、渡り用人から公儀の犬に身を落とされたので、ございますな」

稲左衛門は不敵な笑みを市兵衛へ投げた。

「おぬしの商いによって、多くの命が失われた。おぬしが奪った命の無念を償わねば、商いの道、商人《あきんど》の魂が廃《すた》るだろう」

「商人の魂などと、知りもせぬくせに猪口才《ちょこざい》な。身分に胡座《あぐら》をかき百姓の実りを貪《むさぼ》り、商人の稼ぎに集る侍の義こそ、とうに泥にまみれておりましょう」

「黙れ、下郎」

弥陀ノ介が叫び、さらりと抜き放った。

短軀の上段にふりかぶった刃が、夜明けの月の霞んだ残光に照り映えた。

稲左衛門は高らかに笑い、橋の南詰めへ退くと、替わって、廻し合羽と菅笠の三人が、つつつ……と進み出た。

脂粉の香が、ほのかに橋上を流れた。

合羽をふわりと落とし、菅笠が揃って夜明け前の空にひるがえったとき、現れたのは、長い手足をぴたりと覆った漆黒の唐人服をまとい、若衆髷をといて総髪を後ろで束ね一輪に結った、たじろぐばかりに妖艶な三人の異国の女だった。

七

まぎれもなく、石井彦十郎の屋敷にいて、石井にかしずいていた若衆侍の拵えを装った女たちだった。

市兵衛の背中に戦慄が走った。

地を滑る足の運びではなく、しなやかな四肢が自由自在な躍動を秘めた不気味さが、波動となって市兵衛を翻弄していたからだ。

三人はともに市兵衛と並ぶ背の高さで、前にひとり、左右斜め後ろを二人が備えた隊形を組み、いつの間にか、反りのない異国の長刀を白い手にさげていた。

市兵衛は道久の形見の大刀を、静かに払った。

先頭の女に向けて青眼に構え、そこから右足とともに剣先を引いて、ゆるやかな八双に構えを変えた。

女たちの目は怒りに燃えていたが、口元の艶めいた笑みを絶やさなかった。

市兵衛の八双に応じ、先頭の女がうなりをあげて前面頭上に剣を舞わせ始めた。

そのあまりの速さに、剣は鞭《むち》のように撓《しな》って見え、寒気を斬り裂く音がぴしぴしと鳴った。

すると、後ろ左右の二人が先頭と呼応して同じく剣を舞わせ始め、夜明け前の月光が三つの剣先にはじかれて光の玉をまき散らすかのようだった。

「な、なんだこれは」

弥陀ノ介が刀をふりかぶったまま言った。

「支那の剣法だ。昔、興福寺で演武を見たことがある。剣筋がまるで違う。間を誤ると肉片を切り刻まれるぞ」

女たちの剣の舞いが一斉に止まり、右顔面の高さから剣先を市兵衛たちの顔へ、まるで寸分違わぬ三体の模様のように狙いを定めた。

女たちはおよそ三間の間合いをじりじりとつめ始めた。

先頭の女の前方にかざした手が、間合いを計っている。

「攻め方は」

弥陀ノ介が叫んだ。

「わからん。ただ、生はひとつ、死もひとつ。遮二無二《しゃにむに》打ちこむまでよ」

「心得たっ」

弥陀ノ介が応じ、うおおっ、と吠えた。

二人が動いた刹那、先頭の女が、

「はあっ」

と合図を送り三人の突進が始まった。

橋板が轟き、両者は橋の中央で激突した。

先頭の翠の右左と舞う剣が市兵衛へ襲いかかった。

体を躱《かわ》し、打ち払い、わずかな隙に打ちこむ市兵衛に、脂粉に混じった気合が降りそそぎ、噛み合う鋼と鋼の間に悲鳴があがる。

市兵衛の左から迫った青が、市兵衛のひと薙ぎを躱《かわ》して欄干に飛びあがり、さらに蹴って夜空に回転した。

獣の咆哮を夜空に響かせ、青は反対側の欄干にまで軽々と飛び移ると、右側の楊の攻撃を必死に防いでいた弥陀ノ介へ牙を転じた。

弥陀ノ介はたちまち苦境に追いこまれた。

そこへ信正の左右を固めていた小人衆の二人が、雄叫びとともに戦闘に加わった。

それを青が防ぎ、楊は弥陀ノ介へ次々と打ちこむ。

新手が加わっても、弥陀ノ介は防戦一方だった。

女たちは侍の剣にまったく怯《ひる》まなかった。

惰弱な江戸侍の剣など何ほどかと、女たちは思っていた。

海を渡ってこの国へ売られて十年、石井彦十郎にかしずいて三年。女たちは心の底で、江戸侍の脆弱さを嘲ってさえいた。遊戯においても武術においても、何とみすぼらしい男らかと、見切ってさえいた。

だが女たちは、市兵衛という風のような男を知らなかった。

弥陀ノ介という大地を這う岩のような男を知らなかった。

何よりも、このような男たちがいるということを知らなかった。

翠の途切れることのない凄まじい攻撃を防ぎ切り、市兵衛はまだ十分な余力を残していた。

「弥陀ノ介、防げ」

市兵衛は喚き、翠に上段から渾身の一撃を加えた。

翠が初めて後退した。

その隙に市兵衛は二の太刀、三の太刀と攻め立て、翠は橋板を鳴らして逃げた。

追った瞬間、市兵衛を十分引きつけ舞いあがった翠の反撃の一打が弧を描いた。

きたっ。

市兵衛は風に乗った。

あいやあっ。

とおっ。

刃が鳴り、火花が散り、叫びが交錯し、燃えたぎる闘志が炸裂《さくれつ》した。

翠の剣が真っ二つに折れ、赤間川の黒い淵へくるくると舞って消えた。

翠の結った髪がばらりとほどけ、身体が弓のように撓った。

翠は足をもつれさせた。それから、

「マアァァ……」

と夜空に叫び、崩れてゆく。

翠の悲痛な叫びが、楊と青をたじろがせた。

楊の剣が、弥陀ノ介の激しい打ちこみに怯みを見せた。

楊が逃げて欄干に飛びあがったと同時に飛んだ弥陀ノ介の一撃は、楊の締まった胴を薙ぎ、それを追って同じく宙を舞い後ろから襲いかかった青を、翻《ひるがえ》りながら斬り落とした。

三人はほぼ同時に、楊と弥陀ノ介は橋板に、青は欄干におり立ち片膝をついた。

三人は動かず、睨み合った。

だが楊はそこまでだった。

浮きあがろうとする身体が力を失って欄干に凭れかかり、その刹那、泣くように吹いた血飛沫が欄干を染める。

そして楊が欄干にすがりながら崩れていったとき、欄干に立ちあがった青の痩軀は、ゆるやかな風に乗り、橋の下の黒い淵へ没していったのだった。

一方、翠を倒した市兵衛は、瞬時も躊躇《ためら》わず、木戸前の空き地の稲左衛門に迫っていた。

稲左衛門と宗七は、笠と合羽を捨て、裾端折りの長着の両肩を脱いでいた。二人の分厚い上体は鎖帷子をまとい、右に長脇差、左には逆手に小太刀を握って市兵衛を迎え討った。

武器は馬の荷駄から取り出した物だが、石井彦十郎は大刀を握ったまま、竹垣や木戸に添って、喚き、逃げ惑うばかりだった。

市兵衛の打ちこみを稲左衛門は町人とも思えぬ太刀捌きではじきかえし、宗七が横から斬りこみ、稲左衛門の逆手の小太刀が逆襲する。

市兵衛と稲左衛門が同時に打ち合った一撃が交錯した瞬間、踏みこんだ両者の肩と肩が鈍い音を立てて衝突した。

だがそこで両者は一歩も引かず、動きが止まった。

肉と骨が軋《きし》み、汗が迸《ほとばし》った。

互いにのしかかる圧力から逃げたとき、相手の刃が容赦なく襲いかかるだろう。

傍らから打ちかかろうとする宗七を稲左衛門が止めた。

「手を出すな、宗七」

そして新たにぐっと力が入った稲左衛門の圧力が、市兵衛の身体を、ず、ず、と押し始めた。

市兵衛が堪える。

信正と弥陀ノ介、二人の小人衆、宗七、また木戸の内を固める孫太夫や番士、木戸番の男たちが、市兵衛と稲左衛門の対決を固唾《かたず》を飲んで見守った。

ただ、石井ひとりが怯え、竹垣の隅で震えていた。

うなる稲左衛門を、市兵衛の痩軀が押しかえした。

「なぜだ、稲左衛門。なぜ死に急ぐ」

市兵衛が言った。

稲左衛門は歯を食い縛り、汗が滴った。

それから言った。

「小僧にわかるか。知ることだ」

次の瞬間、二人は肩を鋭く回転させ、正面から打ち合った。

がつん、と鳴った。

稲左衛門の刀は火と燃え、市兵衛の刀は風を巻いた。

稲左衛門が呻いた。

稲左衛門の分厚い肩に市兵衛の刀が、深々と食いこんでいた。

市兵衛が刀を引き抜いた。

稲左衛門は中背の分厚い身体を起こし、豪農の主を思わせる顎の太い、日に焼けた頰や鼻と締まった口元と思慮深い一重の目をしかめ、周囲を見廻した。

そして、深く長い溜息を吐き、声を絞り出した。

「己を……」

と言いかけたとき、稲左衛門の手から得物がこぼれた。

それからごつい身体が、どうと大地に倒れた。

宗七が稲左衛門に駆けよった。

「旦那さま」

稲左衛門の傍らに屈み、宗七は叫んだ。

宗七は脇差の刀身を素手で握り締め、首筋に当てがった。

「おとも、しますべえ」

宗七は稲左衛門を見つめ、一気に引いた。

宗七の首筋から、血が迸った。

血にまみれながら、宗七の身体は稲左衛門の上に折り重なった。

誰も動かず、声もなかった。

石井彦十郎だけが、竹垣の側で頭を抱えてうずくまり、わあわあと子供のように泣いていた。

月と星は消え、夜空はいつの間にか薄っすらと白み始めていた。

終章　行秋

その年の霜月《しもつき》十一月、本石町の薬種問屋・柳屋は異国との抜け荷の罪科により、地面家屋財産すべてが闕所《けっしょ》となり、店は江戸での十五年の商いを閉じ、川越店も松平家よりの処罰を受け、室町の時代に海を渡り数百年を経《へ》た柳家は消滅した。

川越城下で捕えられ、寄合肝煎《よりあいきもいり》の内藤《ないとう》家預けになっていた四千石寄合旗本・石井彦十郎は、石井家改易とともに内藤家において切腹となった。

罪の軽重を言えば打ち首が至当だったが、由緒ある譜代家名への配慮から、切腹という名誉のお沙汰がくだされた。

渡りの用人を自称する三十間堀の町人・春五郎ならびに、蠣殻町にて金貸し業を営む中丸屋の伝三郎は、旗本・高松道久の五十両の借金手形を、石井彦十郎と神田多町店頭・長治らとたくらみ偽造した廉《かど》で死罪を申しつけられた。

また本所二ツ目之橋の小普請組御家人・中山数右衛門は、養子縁組によって家名を守った。

幕府天文方・平沢角之進は、公儀極秘の樺太・蝦夷沿海図を柳屋稲左衛門に写筆させ謝礼を得た咎めにより、職を解かれ家禄没収となった。

そして、番方小十人衆旗本・高松道久の相対死という不名誉がそそがれた高松家では、晴れて道久の葬儀を執《と》り行なうことができ、同時に、一子・頼之の家督相続をも正式に披露した。

公儀からは道久への弔慰金・三百両が高松家に下賜《かし》された。


前後する秋九月晦日。

前々日、越後柏崎沖にロシア船を見つけた近在の漁師が村の名主に届け、またロシア船が現れたと騒ぎになったが、二日がたったその日、ロシア船は沖合い彼方に姿を消していた。

江戸京橋に近い柳町の医師・柳井宗秀の診療室の隣座敷では、北町奉行所の廻り方・渋井鬼三次が、宗秀に憎まれ口を叩いたり、時どきは庭を隔てた隣の色茶屋の女らと戯《ざ》れ言《ごと》を投げ合ったりして退屈をまぎらわせつつ、療養生活を送っていた。

御番所勤めに復帰はまだできないものの、宗秀は、

「あの傷でよくここまで」

と憎まれ口を叩けるぐらいになった鬼しぶの回復力に、舌を巻いていた。

その昼さがり、裏神保小路は旗本高松家の屋敷の客座敷に、着古した紺羽織に細縞の小倉袴の唐木市兵衛と、黒無地の着物を濃い紫に小紋を白く抜いた小袖姿に替えた安曇が向かい合っていた。

穏やかな日差しが、庭を囲う白い土塀際の金柑の灌木に降っていた。

市兵衛がこの屋敷を初めて訪れてから、ちょうど一ヵ月だった。

あの日は頬白が、ちりりころろ、と庭の木で鳴いていたなと、市兵衛は思い出していた。

一ヵ月がたって、金柑の実が黄色く色付いていた。

頼之はまだ私塾から戻っていない。

挨拶は昨夜のうちに済ませた。

今朝、頼之は市兵衛に口を聞かず、怒ったような目を一度合わせただけで、小さな背中を市兵衛に向け、私塾へ出かけていった。

侍はそれでいい、と市兵衛は思った。

昼すぎ、神田の砥屋《とぎや》へ砥に出していた高松道久の差料を受け取りにいき、それを安曇に戻していた。

その大小の差料が、床の間の脇の壁際の刀掛けにかかっている。

これも、一ヵ月前と同じで、元の収まるべき場所に収まっていた。

「お世話になりました」

と市兵衛が言い、

「いいえ」

と安曇が言葉少なに応え、二人にはそれ以上語るべき言葉がなかった。

用人勤めは半季の取り決めだったが、五十両の借金手形の方が付いてしまえば、高松家の小さな台所のやりくりに、用人を雇うほどの余裕も必要もなかった。

それに道久の弔慰金三百両が下賜され、暮らし向きは楽になった。

あれをけずり、これをけずり、とちまちました仕事でともかくも半年を勤めあげ給金を得るというのは、何かしら居心地が悪かった。

たった一ヵ月だが、市兵衛には十分すぎる長い一ヵ月だった。

やがて少し窮屈な沈黙の後、安曇が言った。

「これから、どのようになさるのですか」

「わたしは算盤侍ですから、武家であれ町家であれ、算盤勘定を必要としているところへ勤めるつもりでおります」

「片岡家には、お戻りにならないのですか」

「あそこは、わたしの算盤の腕など、必要としておりませんので」

それから市兵衛は、懐から薄い帳面を取り出した。

「忘れておりました。これはわたしが大坂におりますころ、使っていた算盤の練習帳です。奥さまは加減乗除の勘定の仕方はもう身に付けられました。後は速さだけです。よろしければ、これでこっそり練習をなされませ」

安曇は少し手垢は付いているけれど、丁寧に使った帳面を手に取り、膝の上で、ぱらり、ぱらり、とめくった。

しばらくじっと帳面に目を落とし、躊躇いつつ顔をあげた。

「わたくし、算盤が好きです」

安曇は微笑みを浮かべ、言った。

その目が赤く潤んでいるように市兵衛は思った。

それがしも……と市兵衛は言いかけ、思い止まった。

不思議な息吹が、市兵衛を戸惑わせた。

どうかしている、と己自身を市兵衛はたしなめるしかなかった。

胸の中に生まれた物は胸の中に仕舞っておく、それが市兵衛の生き方だった。

宰領屋の矢藤太は、

「相変わらずだね」

とそんな市兵衛を笑う。

けれども、今までそうしてきたしこれからもそうする生き方だった。

時だけが、市兵衛の道連れだった。

市兵衛と安曇の沈黙が座敷を静寂に包み、障子を開け放った縁廊下の向こうに佇《たたず》む昼さがりの庭が、二人の陰翳をひっそりと映していた。

一刻後、市兵衛は水道橋《すいどうばし》からお茶の水の坂道をゆるゆると上っていた。

湯島《ゆしま》の学生《がくしょう》が小赤壁と呼ぶお茶の水の崖の上が近付くに従って、右手は駿河台下《するがだいした》の武家地の甍と鬱蒼と繁る森が見渡せ、川向こうには武家屋敷の白壁が連なり、木々の間で聖堂の反り屋根の甍が、降りそそぐ日差しに光っていた。

その日差しは崖下の神田川の川面を、濃厚な紺色に染めている。

市兵衛は歩みを止め、色付いた槐《えんじゅ》の木陰に佇んだ。

葉枯れた枝が、ほどよく冷たい微風でかすかにゆれていた。

そのとき、市兵衛の総髪に乗せた一文字の髷にぽつんと何かが触れた。

肩から羽織の袖を、ひと粒の小豆がころりころりと落ちていった。

ふふん。

市兵衛は崖の風景に目を向けたまま笑った。

「お払い箱か」

後ろから返弥陀ノ介が声をかけてきた。

市兵衛は青空に浮かぶ白い千切れ雲を見あげて言った。

「高松家では、することがなくなったからな。風の吹くまま流れるのだ」

「ふむ。気まぐれな風に吹かれて、どこかで誰かが泣いているかもな」

弥陀ノ介は言いながら、市兵衛に並びかけた。

黒羽織に引きずりそうな袴を穿いている。

腰に帯びた刀も長すぎる。

不恰好な風貌だが、何とも言えぬ愛嬌がある。

市兵衛の心はなごんだ。

「暇になったのなら、頭のところへ顔を出せ」

弥陀ノ介も崖の景色に目を奪われたまま言った。

「あそこは堅苦しい。おれには性が合わん」

「頭が気にするんだ、おぬしのことを。倅のようにな」

市兵衛は子供のころ、平河町の馬場で兄・信正が駆る馬の後を走って追いかけたときのことを思い浮かべた。

頼もしい大好きな兄だった。

弥陀ノ介が言った。

「そんなに何もかも捨てて、それでいいのか」

「弥陀ノ介、おぬしは失って惜しい物など、この世に何かあるのか」

市兵衛が言った。

「風の市兵衛は、貧乏性だのう」

弥陀ノ介は答え、市兵衛を見かえった。

そしてまた崖の風景に、ぎょろりとした目を投げた。

それから二人ははじかれたように、からからと高く笑った。

解説——時代小説の新たな風

（文芸評論家）細谷正充《ほそやまさみつ》

平成に入ってから本格化した文庫書き下ろし時代小説の大ブームは、右肩上がりの上昇を続け、現在も多くの読者を獲得している。そして需要が増えれば、供給が増えるのも当然のこと。毎年のように新たな作家が現れては、この世界へと次々に飛び込んでくるのである。嬉しいことに、注目に値する新人が多く、誰から読んだらいいか、贅沢《ぜいたく》な悲鳴を上げてしまうほどだ。

その中でも、一読、まだこれほどの書き手がいたのかと驚いたのが辻堂魁《つじどうかい》である。二〇〇八年二月、ベスト時代小説文庫から『夜叉萬同心《やしやまん》　冬蜉蝣《ふゆかげろう》』でデビューした作者は、新人とは思えない老練な筆致で、隠密廻り同心・萬七蔵《よろずななぞう》の活躍を描破。以後、同じ主人公を起用した「夜叉萬同心」シリーズや、「吟味方与力人情控」シリーズなどを世に送り出し、その実力を遺憾なく発揮しているのである。その辻堂魁が、いよいよ祥伝社文庫に登場した。本書『風の市兵衛』は、侍でありながら渡り用人をしている唐木市兵衛《からきいちべえ》を主人公にした、痛快時代エンタテインメントだ。

唐木市兵衛は、年の頃なら三十五、六。痩軀《そうく》白晳《はくせき》で、ちょっと頼りない雰囲気のある侍だ。職業は、渡り用人。旗本家などに雇われ、経理を中心とした家の面倒を、期限付きで見るのが仕事である。用人を置いていない旗本家が、わざわざ渡り用人を雇うには、何らかの切実な理由（主に金銭）がある場合である。それだけに渡り用人を主人公にすれば、バラエティに富んだストーリーが創れそうだ。書き甲斐のある職業に、目を付けたものである。

さて、今回の市兵衛の職場は、旗本の高松家《たかまつ》。三河《みかわ》以来の旧家だが、半月前、公儀番方小十人衆の役目にあった当主の道久《みちひさ》が相対死《あいたいじに》（心中）で落命している。この不祥事で、お家改易・士籍剝奪《しせきはくだつ》の窮地に立たされたが、なんとか八歳になる息子の頼之《よりゆき》の家督相続が許され、知行地安泰の沙汰《さた》も下りた。しかし、だいぶ借金があるらしく、台所事情は苦しいらしい。

旧知の請け人宿の主人から、話を請けた市兵衛は、高松家の収支を調べ始める。死んだ道久は、金貸しの中丸屋伝三郎《なかまるやでんざぶろう》から五十両の借金をしており、それを道久の友人の旗本・石井彦十郎《いしいひこじゅうろう》が肩代わりしているという。だが、高松家の家禄からすると、そんな借金は必要なかったはずだ。借金の実態を調べ始めた市兵衛は、やがて薬種問屋の柳《やなぎ》屋《や》稲《とう》左《ざ》衛《え》門《もん》の存在に行きつく。稲左衛門は、まだご禁制になっていない、阿片を取り扱っていた。また、道久と、本所の小普請組・中山丹波《なかやまたんば》の妻の絵梨《えり》との相対死にも、殺人であることが明らかになる。市兵衛を信頼する、高松家の安曇《あずみ》と頼之。鬼しぶと呼ばれる、北町奉行所定町廻り同心の渋井鬼三次《しぶいきさじ》。市兵衛と深い関係にある、公儀十人目付の筆頭支配・片岡信正と、その配下の返弥陀ノ介《かえりみだのすけ》……。渡り用人として高松家のために尽くす市兵衛は、さまざまな人とかかわりながら、いつしか大きな事件の渦中に踏み込んでいくのだった。

　本書の魅力は、大きく分けて三つある。ひとつは興趣に富んだストーリーだ。台所事情の厳しい旗本家を建て直すだけの、渡り用人としてはありふれた仕事。しかし、そのために市兵衛が動くことで、事態は思いもかけぬ広がりを見せていく。徳川幕府を震撼させる一歩手前まで行ってしまう物語を、すんなりと読ませる作者の技量が素晴らしい。作家になる前の作者は、出版社の社員として小説誌の編集に携わり、著名な作家の担当をしていたという。おそらくは、その頃に身に付けた、小説の読みどころを分析し、創り上げる力が、作家になってから遺憾なく発揮されているのであろう。だからこそ、デビューから二年しか経っていない新人にもかかわらず、これほど面白い物語が書けるのだ。

次に、チャンバラ・シーンの迫力を挙げておきたい。かつて上方で〃風の剣〃を使い、風の市兵衛と呼ばれていた主人公の剣は、「あれは鍛錬《たんれん》や修行を超えておる。あそこまでなるには、持って生まれた何かが必要なのだ。真似のできることではない」と、片岡信正からいわれるほどだ。市兵衛の腕を試した返弥陀ノ介との対決に始まり、高松家の当主になったばかりの頼之を護りながらの大立ち回り、そしてラストの強敵との死闘と、市兵衛は激しい闘いを繰り広げる。注目すべきは、市兵衛が闘いのために動くとき、常に〃風〃という単語が使われていることだ。曰《いわ》く――

「市兵衛が滑らかな夜風のように肩をそよがせたからだ」
「市兵衛の痩軀が一陣の風となって岩影の前に立ちはだかったからだ」
「市兵衛は風に乗って旋回し、先頭の刀をふりあげた男に並びかけた」

斬り合いの場面になると、市兵衛は風になり、凄絶な剣技を披露する。まさに、風の市兵衛！　血風しぶく、激しきチャンバラに、読んでいるこちらの心まで昂ってくるのである。

そして、三つ目の魅力が、唐木市兵衛その人だ。侍でありながら算盤《そろばん》に長け、渡り用人を仕事にしている。おそるべき剣の達人でありながら、その腕前を誇ろうとはしない。片岡信正に、風の剣の話題を持ち出されても「所詮、言葉の綾です。心得、と言ったほどのものです」と否定し、さらに続けて、

「己が算盤をはじいて稼ぎを手にしたとき、己が耕した土地に実った白い米を食ったとき、己が醸し手をかけた酒を呑んだとき、己が世間に生きてあることの喜びを知りました。その喜びを言葉にすると、生きる意味になりました」

と答えているのだ。ああ、市兵衛という男は、人が生きる喜びを知っている。人が生きる意味を知っている。それを踏まえた上で、ただ〝風〟のように世間を渡っているのだ。だから彼は、こんなにも魅力的なのだろう。

しかも作者は、物語の途中で、なぜ市兵衛がこのような人生を歩むことになったか、その起点を明らかにする。これがまた、ちょっと切なくなる、いいエピソードなのだ。一抹《いちまつ》の悲哀を付与された主人公が、さらなる強い印象を伴って、読者の眼前に立ち上がってくるのである。

いやもう、こんなに格好いいニュー・ヒーローの姿を見せつけられては、シリーズ

化を期待せずにはいられない。辻堂魁と祥伝社には、どんどんシリーズを出版してくださいと、声を大にしていっておこう。唐木市兵衛という名の颯風、次はどこに吹く。

一〇〇字書評

風の市兵衛

切・り・取・り・線

購買動機（新聞、雑誌名を記入するか、あるいは○をつけてください）	
□（	）の広告を見て
□（	）の書評を見て
□ 知人のすすめで	□ タイトルに惹かれて
□ カバーが良かったから	□ 内容が面白そうだから
□ 好きな作家だから	□ 好きな分野の本だから

・最近、最も感銘を受けた作品名をお書き下さい

・あなたのお好きな作家名をお書き下さい

・その他、ご要望がありましたらお書き下さい

住所	〒				
氏名		職業		年齢	
Eメール	※携帯には配信できません		新刊情報等のメール配信を 希望する・しない		

この本の感想を、編集部までお寄せいただけたらありがたく存じます。今後の企画の参考にさせていただきます。Eメールでも結構です。

いただいた「一〇〇字書評」は、新聞・雑誌等に紹介させていただくことがあります。その場合はお礼として特製図書カードを差し上げます。

前ページの原稿用紙に書評をお書きの上、切り取り、左記までお送り下さい。宛先の住所は不要です。

なお、ご記入いただいたお名前、ご住所等は、書評紹介の事前了解、謝礼のお届けのためだけに利用し、そのほかの目的のために利用することはありません。

〒一〇一 - 八七〇一
祥伝社文庫編集長 坂口芳和
電話 〇三（三二六五）二〇八〇

祥伝社ホームページの「ブックレビュー」からも、書き込めます。
http://www.shodensha.co.jp/bookreview/

祥伝社文庫

風《かぜ》の市兵衛《いちべえ》

平成22年3月20日　初版第1刷発行
平成31年2月15日　　　第28刷発行

著　者　辻堂《つじどう》魁《かい》

発行者　辻　浩明

発行所　祥伝社《しょうでんしゃ》
東京都千代田区神田神保町3-3
〒101-8701
電話　03（3265）2081（販売部）
電話　03（3265）2080（編集部）
電話　03（3265）3622（業務部）
http://www.shodensha.co.jp/

印刷所　萩原印刷
製本所　ナショナル製本

Printed in Japan ©2010, Kai Tsujidou　ISBN978-4-396-33567-0 C0193

祥伝社文庫の好評既刊

辻堂　魁　**風の市兵衛**

さすらいの渡り用人、唐木市兵衛《からきいちべえ》。心中事件に隠されていた奸計《かんけい》とは？　〝風の剣〟を振るう市兵衛に瞠目！

辻堂　魁　**雷神**　風の市兵衛②

豪商と名門大名の陰謀で、窮地に陥った内藤新宿の老舗。そこに〝算盤《そろばん》侍〟の唐木市兵衛が現われた。

辻堂　魁　**帰り船**　風の市兵衛③

舞台は日本橋小網《こあみ》町の醤油問屋「広国《ひろくに》屋」。市兵衛は、店の番頭の背後にいる、古河《こが》藩の存在を掴むが――。

辻堂　魁　**月夜行《つきよこう》**　風の市兵衛④

狙われた姫君を護《まも》れ！　潜伏先の等々《とど》力《ろき》・満願寺《まんがんじ》に殺到する刺客たち。市兵衛は、風の剣を振るい敵を蹴散らす！

辻堂　魁　**天空の鷹《たか》**　風の市兵衛⑤

息子の死に疑念を抱く老侍。彼の遺品からある悪行が明らかになる。老父とともに、市兵衛が戦いを挑んだのは!?

辻堂　魁　**風立ちぬ㊤**　風の市兵衛⑥

〝家庭教師〟になった市兵衛に迫る二つの影とは？　〈風の剣〉を目指した過去も明かされる、興奮の上下巻！

祥伝社文庫の好評既刊

辻堂　魁
風立ちぬ㊦　風の市兵衛⑦
市兵衛誅殺《ちゆうさつ》を狙う托鉢僧《たくはつそう》の影が迫る中、市兵衛は、江戸を阿鼻叫喚の地獄に変えた一味を追う！

辻堂　魁
五分《ごぶ》の魂　風の市兵衛⑧
人を討たず、罪を断つ。その剣の名は――〝風〟。金が人を狂わせる時代を、〈算盤侍〉市兵衛が奔《はし》る！

辻堂　魁
風塵《ふうじん》［上］　風の市兵衛⑨
唐木市兵衛が、大名家の用心棒に⁉　事件の背後に、八王子千人同心の悲劇が浮上する。

辻堂　魁
風塵［下］　風の市兵衛⑩
わが一分《いちぶん》を果たすのみ。市兵衛、火中に立つ！　えぞ地で絡《から》み合った運命の糸は解けるのか？

辻堂　魁
春雷抄《しゆんらいしよう》　風の市兵衛⑪
失踪した代官所手代を捜す市兵衛。夫を、父を想う母娘のため、密造酒の闇に包まれた代官地を奔る！

辻堂　魁
乱雲《らんうん》の城　風の市兵衛⑫
あの男さえいなければ――義の男に迫る城中の敵。目付筆頭の兄・信正《のぶまさ》を救うため、市兵衛、江戸を奔る！

祥伝社文庫の好評既刊

辻堂　魁　**遠雷**　風の市兵衛⑬

市兵衛への依頼は攫《さら》われた元京都町奉行の倅《せがれ》の奪還。その母親こそ初恋の相手、お吹《すい》だったことから……。

辻堂　魁　**科野秘帖**《しなのひちょう》　風の市兵衛⑭

「父の仇を討つ助っ人を」との依頼。だが当の宗秀は仁《じん》の町医者。何と信濃《しなの》を揺るがした大事件が絡んでいた！

辻堂　魁　**夕影**《ゆうかげ》　風の市兵衛⑮

貸元の父を殺され、利権抗争に巻き込まれた三姉妹。彼女らが命を懸けてまで貫こうとしたものとは⁉

辻堂　魁　**秋しぐれ**　風の市兵衛⑯

元力士がひっそりと江戸に戻ってきた。一方、市兵衛は、御徒組旗本のお勝手建て直しを依頼されたが……。

辻堂　魁　**うつけ者の値打ち**　風の市兵衛⑰

藩を追われ、用心棒に成り下がった下級武士。愚直ゆえに過去の罪を一人で背負い込む姿を見て市兵衛は……。

辻堂　魁　**待つ春や**　風の市兵衛⑱

公儀《こうぎ》御鳥見《おとりみ》役を斬殺したのは一体？　藩に捕らえられた依頼主の友を、市兵衛は救えるのか？　圧巻の剣戟!!